最高傑作が書けました！
湊かなえ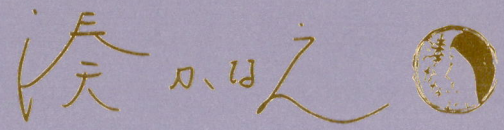

我寫出了最好的作品！
——湊佳苗

湊佳苗
人類標本

人間標本 湊かなえ

王薀潔 譯

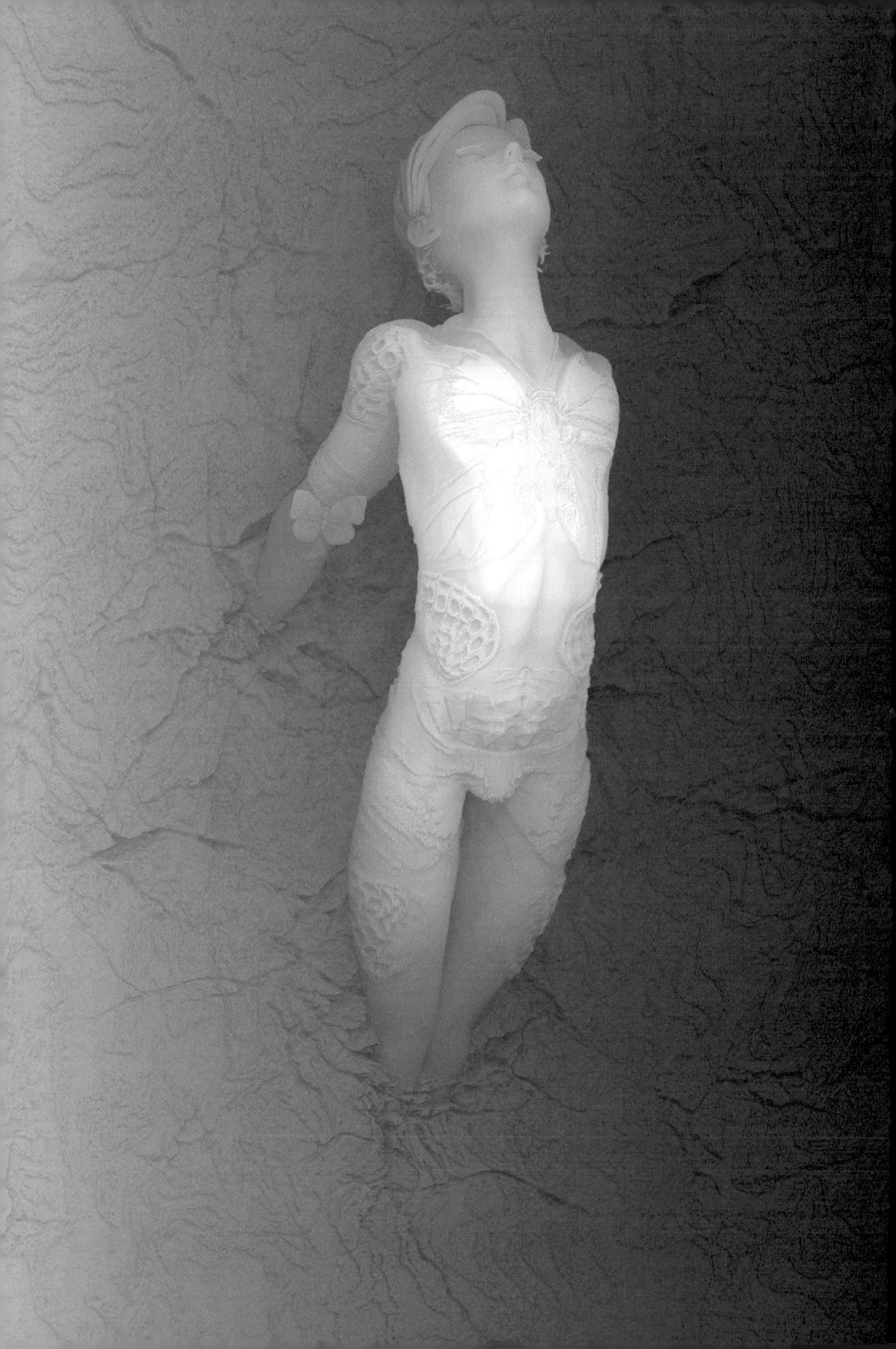

人類標本

榊史朗

〈製作標本緣由備忘錄〉

蝴蝶是這個世界上最崇高的動物。

在畫家父親帶著我們全家一起搬到幾乎看不到人影的深山,原因不只是把那裡當作畫室,而是為了與世隔絕時,我內心萌生了這種想法。

當時我還沒有上學,所以並沒有像母親那樣整天因為想念以前的生活環境唉聲嘆氣。雖然看著窗外白雪皚皚的景象會感到無聊,但是當後山迎來了春天,我看到那年的第一隻蝴蝶時,我的世界就完全不一樣了。

我並不是第一次看到蝴蝶。搬家以前就讀的幼兒園院子和附近的公園內,都會看到紋白蝶和鳳蝶在盛開的花周圍飛舞。

每次悄悄靠近,把手伸向蝴蝶,幼兒園的老師和母親都會委婉地對我說,蝴蝶會很可憐,叫我不要抓牠們。

蝴蝶是闖入人類世界的可憐動物,只能遠觀。我並不是文靜乖巧的孩子,不可能就這樣感到滿足,比起這種無聊的事,我的興趣很快轉移到如何才能把鞦韆盪得更高這件事上。

但是，後山不一樣，那裡到處都是蝴蝶。我闖入了蝴蝶的世界，所以完全不覺得牠們可憐。

我想摸蝴蝶，我想把臉湊近，仔細觀察牠們。

我小心翼翼地問母親，母親這一次沒有說蝴蝶很可憐。

「媽媽剛好也想烤蘋果派。」

於是，母親就開車載我一起去了山麓的超市，買完做點心的工具，還買了捕蝶網和昆蟲飼養箱。總之，我成了那個可憐的對象，所以她想買個打發無聊的玩具給我。

但是，我非但不覺得自己可憐，反而如獲至寶。我就像孫悟空耍如意金箍棒一般，揮動捕蝶網，衝進了蝴蝶群中。

我被蝴蝶包圍，揮動捕蝶網，好像在阻止牠們把我帶去陌生的世界，然後把捕捉到的蝴蝶放進昆蟲飼養箱，成為我的所有物。

要比昨天捕捉更多蝴蝶，哪怕只是多一隻也好。我覺得自己就像是冒險故事中的勇士，故事在天亮之後，一切又重新開始，就像是從夢境世界回到了現實。

花了一整天的時間採集，放進昆蟲飼養箱的蝴蝶，到了第二天早上，全都死了。

於是我試著減少採集蝴蝶的數量，避免昆蟲飼養箱內的蝴蝶太密集，同時把花

和草木一起放進飼養箱，嘗試各種方法，設法讓牠們活下去，但是，當我背著嶄新的書包，從山麓下的學校搭乘巴士，接著轉另一輛巴士，然後從最近的巴士站用小孩的腳程花半個小時走回家時，蝴蝶的美麗翅膀褪了色，似乎失去了生命力，一起放進飼養箱內的鮮花也都枯萎了。

「趁牠們還活著的時候，把牠們放出去，不然太可憐了。」

母親終於說了這句話，雖然我內心很不願意，但又想不到更好的方法，只能帶著無力感，拎著昆蟲飼養箱來到院子，打開蓋子，把牠們放在看起來最生機勃勃的花草旁，然後一路跑回屋內。

跑回屋內的路上，想像著夜間的露水會讓蝴蝶重拾美麗。

雖然大部分時候，上天聽到了我的心願，隔天早晨，飼養箱內總是空無一蝶，但有時候也會看到留在飼養箱內的蝴蝶屍體。那是死在我手上的生命。

蝴蝶死在家裡時，我都會把屍體丟進廚房的垃圾桶，只是內心會有一絲罪惡感，但是對於經過夜晚的儀式，仍然無法死而復生的蝴蝶，就覺得必須讓牠們回歸大地。

我選擇銀栲樹下作為蝴蝶的墓地，是因為覺得第一次埋葬的那隻紋白蝶，很適合可愛的黃色小花嗎？一整排小花就像是一群蝴蝶在飛舞，我覺得蝴蝶葬在這棵樹下，應該不會感到寂寞。

為了避免下次又挖起曾經埋葬蝴蝶的地方，我每埋葬一隻蝴蝶，就會放一顆彈珠作為記號，不，當時還是小孩子的我，是用彈珠當作蝴蝶的墓碑。那是剛搬來這裡不久，大人帶我去山麓下城鎮逛街時，在神社的廟會抽籤抽中幾乎相當於安慰獎的獎品。但當時的我，認為那是我擁有的最漂亮的東西，於是就奉上一顆又一顆彈珠，來換取蝴蝶的生命。

母親是不是覺得這種行為很像惡魔的儀式，感到很可怕？我記得當時上映的一部外國恐怖電影中，也有類似的一幕⋯⋯也許是身為母親的人特有的第六感，從年幼兒子的背影中，已經看到了兒子四十幾年之後的樣子。

勉強可以塞進一顆蘋果的黃色網袋中的彈珠還沒有用到一半，母親就禁止我繼續為蝴蝶做墳墓。因為母親看起來很生氣，一旦我違抗，她恐怕會禁止我採集蝴蝶，於是我不甘不願地點了點頭，把經過風吹雨淋後變髒的彈珠撿了回來，然後在原地撒上山繡球花。

比起彈珠，死去的那些蝴蝶應該更喜歡山繡球花。難道我的這種想法，是想要拯救自己的心嗎？沒錯，所有的行為都是源自於我的自私。只是，我往後的蝴蝶採集一點希望都看不到了。因為對我來說，從採集到埋葬已經成為一個完整的流程。

父親向我伸出了援手。

にんげんひょうほん

無論是搬家前還是搬家後,父親一天中,有一大半時間都在畫室,只有晚餐時間有機會和他說話。上了小學之後,聊天的內容十之八九都是關於學校的課業。他意興闌珊地問我新學到的漢字,以及算術的方法這些無關緊要的事,似乎覺得即使我的學習能力比其他同學差也無所謂。

他從來沒有問過我美術課或是美勞課的事。

一旦先學了理論,即使能夠畫出不錯的畫,也會抹殺從零到一的創造力。父親總是這麼說,從小就不曾教過我該怎麼拿蠟筆,對我在幼兒園和學校畫的畫,也只會說「你很努力了呢」這種敷衍的感想。

我從來不覺得自己很會畫畫,父親發現了我這個兒子沒有繪畫方面的才華,仍然很溫柔地對待我。也許我當時內心有這種自暴自棄的想法。

所以當父親在吃晚餐時,突然提到蝴蝶的事時,我不由得緊張起來。

「如果你不排斥的話……」聽到父親又接著這麼說,我的呼吸快停止了。因為我以為他會對我說,把採集到的蝴蝶畫下來之後,就馬上放牠自由。

但是,父親的提議完全出乎我的意料。

我很懷疑自己畫的蝴蝶恐怕和蛾沒什麼差別。

「想不想試著製作成標本?」

人類標本　　014

雖然父親並非難得露出笑容，但還是第一次看到他這麼興奮的表情。母親臉上的表情卻變得很僵硬，兩個人形成了明顯的對比。

「老公，這……」

父親舉起一隻手制止，所以母親沒有繼續說下去。

我當時並不瞭解母親臉上的表情所代表的意義，以為她可能覺得對小孩子來說，製作標本的作業太危險，以為就像之前我第一次提出要幫忙她做咖哩時一樣，第一次使用菜刀時，我也沒有切到手，我努力的成果讓母親露出了笑容，她還稱讚我：「你的手真靈巧。」所以，我大聲回答說：

「我想做標本。」

直到父親去世之後，我才瞭解母親為了不讓我們看到她快哭出來了，所以轉頭看向廚房這個動作所代表的意義。也許母親那個時候，就看到了兒子未來的身影。

如果母親現在還活著，一定很後悔當時沒有強烈反對。

父親向我伸出小拇指，和我約定週末一起去買製作標本使用的工具。和父親勾手指的瞬間，我覺得自己不擅長畫畫這件事根本無關緊要，也不在意其實不用等到週末，因為隔天就開始放暑假了。

在父親帶我去買工具之前，我暫時停止採集蝴蝶，翻閱向學校圖書館借來的蝴

蝶圖鑑，調查了在我們生活的那座山上，有哪些蝴蝶棲息。隨著逐漸瞭解蝴蝶的擬態和毒性，以及雌雄的差異等蝴蝶相關知識，原本只覺得蝴蝶很美，現在漸漸對牠們心生愛意。

雖然父親和我約定的儀式很鄭重其事，沒想到採買在轉眼之間就結束了。

父親平時都會去東京的美術用品專賣店之類的地方買畫材用品，我以為他也會帶我去類似的地方，所以一大早就穿好鞋子，在玄關靜靜地等待，父親穿著沾到了顏料的短袖襯衫，和褲管捲到膝蓋下方的棉長褲，沒有穿襪子就從畫室走了出來，脖子上還掛著髒毛巾，甚至連皮包都沒有拿。

他就這身打扮坐上已經開了很多年的輕型汽車，來到我就讀的小學正門對面的文具店。雖然在我們生活的城鎮，這家文具店算是「大店」，無論三角尺、書法套組和學校的室內鞋等學校生活需要的所有用品都一應俱全，但我不覺得那裡有賣製作標本的工具。

但是，那個盒子就放在入口附近最顯眼的區域。白色的大桌子上貼著用藍色油性筆寫了「暑假作業」幾個字的水藍色美術紙，紙黏土、製作鳥巢的木工組合包、製作娃娃的手工藝組合包等，都在桌上堆得高高的，相較之下，「昆蟲採集工具包」的盒子堆得沒那麼高。

人類標本　　　　　　　　　　　　　　　　　　016

盒蓋上印了大大的獨角仙、鍬形蟲和鳳蝶的照片。

父親拿起一盒，走去收銀台，從長褲口袋裡拿出一張千圓紙鈔，伸手接過三枚一百圓硬幣。早知道這麼便宜，我的撲滿裡也有足夠的錢。

原來只要想做，即使不需要依靠大人，任何人都可以做到。

原本還為即將踏入遠離日常生活的世界感到興奮，沒想到在每天上學的小學對面的文具店，就可以用便宜的價格買到工具組。

當時，我還沒有察覺自己內心其實很想踢開腳下的小石頭發洩。

也沒有發現在那一刻，推開了自己未來的大門。

雖然不要打開那扇門比較好……

我很想趕快回家，馬上打開昆蟲採集工具包，但是父親下車之後，並沒有走去家裡。

「我們現在就去採集蝴蝶。」

父親無憂無慮的笑容讓我目瞪口呆。原來除了製作標本，父親也要和我一起採集蝴蝶嗎？從搬來這個窮鄉僻壤之前，我對父親的印象就只有他整天關在畫室，坐在畫布前的背影，似乎對小孩子完全沒有興趣。

家裡只有一個捕蝶網和一個昆蟲飼養箱。我們父子兩人一起來到後山深處，但

是父親並沒有拿著捕蝶網,興奮地跑來跑去捕捉蝴蝶。

「你就像平時一樣捕看看。」

父親說完這句話,就退後數公尺,站在樹蔭下。如果我當時意識到捕蝴蝶這件事也有高手和笨手之分,或許就無法像平時一樣正常發揮,但我向來都一個人追著蝴蝶跑,所以完全沒有想到這個問題。

當蝴蝶進入我視野的瞬間,我就輕輕揮網,揮了兩次,就捕到了三隻蝴蝶。

我把捕到的蝴蝶放進飼養箱,走去父親面前,他驚訝地瞪大了眼睛,很快就眉開眼笑說:

「你是捕蝶高手。」

我以前曾經有這麼高興過嗎?為了掩飾內心的害羞,我低頭看著飼養箱,說了蝴蝶的種類。

「有兩隻鳳蝶,這是⋯⋯」

「青鳳蝶。爸爸小的時候,東京的住家周圍也有青鳳蝶,沒想到竟然還能夠再看到,看來隱居遁世也不錯。好,我們趕快回家做標本。」

雖然我很好奇「隱居遁世」這個字眼,但是我不想破壞快樂的氣氛。

父親向來不准別人走進他的畫室,我之前只能在敲門之後,把門打開幾公分,

人類標本　　　　　　　　　　　　　　　　　　　　　018

從門縫中通知父親「可以吃晚餐了」。沒想到父親帶我進入他的畫室，好像之前的規定根本就不存在。

畫室角落有一張書桌，父親讓我坐在椅子上，自己從旁邊拉了一個像是木箱的東西坐了下來。

終於打開了昆蟲採集工具盒。那不是玩具注射器，而是和之前打疫苗時所使用的注射器幾乎完全相同的真貨。除此以外，還有放大鏡、鑷子和昆蟲針。還有紅色的瓶子和藍色的瓶子，瓶子上完全沒有貼標籤。盒子裡沒有說明書，只有背面印了「請安全使用」這種甚至稱不上是注意事項的簡短文字。

「紅色是殺蟲液，藍色是防腐液。」

父親在一旁向我說明。

「爸爸，你以前做過嗎？」

「當然有啊，以前在柑仔店就可以買到這些工具。」

沒想到不是在文具店，而是附近的柑仔店就有賣。現在的小孩子需要問大人，才知道使用方法，以前小孩子可以自己玩。雖然我很想知道父親小時候的事，但還

是對眼前的東西更有興趣。

紅色瓶子是殺蟲液，也就是毒藥，要用注射器注入蝴蝶的身體。我覺得自己好像變成了黑暗組織的博士，雖然與實際情況不符，但是每次回想起這一天，都會浮現父親和我都身穿白袍的身影。

父親雖然說要示範，但為了讓我能夠先用剛買的工具，提議我們同時製作。把鳳蝶的兩個翅膀疊在一起，單手從昆蟲飼養箱內拿出來，另一隻手⋯⋯輕輕擠壓蝴蝶的腹部。

「啊？」

我很想趕快把毒藥注射進蝴蝶的身體，卻對直接用手捏昏蝴蝶感到抗拒。

「因為現在的家長意見很多，市售的藥劑比以前稀釋了許多，所以先讓蝴蝶昏厥，牠們也能夠死得痛快。而且，如果採集蝴蝶的目的是製作標本，最好的方法就是不要放進飼養箱，包在對折的包藥紙中，就可以避免翅膀被折到。既然是要製作標本，如果無法呈現出牠們最美的狀態，就太對不起蝴蝶了。」

聽到父親這麼說，我看著自己手上的蝴蝶，發現翅膀的色彩似乎已經不再像剛捕到的時候那麼鮮豔了。只要輕輕捏一下。我抓著蝴蝶的腹部，用和閉上眼睛相同的速度和力氣動了一下指尖。幸好並沒有把汁液或是肚子裡的東西擠出來，我鬆了

人類標本　　　　　　　　　　　　　　　　　　　　　　　　　　　　020

一口氣。雖然父親說，蝴蝶只是昏厥，我卻覺得蝴蝶已經死了。但我仍然想要注射。

我把面紙鋪在桌子上，把蝴蝶輕輕放在上面，打開了紅色瓶子。把針頭放進瓶內，緩緩拉起活塞。針筒內的液體不是紅色，而是透明的。

我左手拿著蝴蝶，向父親確認：「是這裡嗎？」然後才把右手的注射器的針刺進蝴蝶腹部，刺向蝴蝶的胸口。

我的心頭一震。接著再為父親捏昏的蝴蝶注射。

然後又打開藍色瓶子的蓋子，接連為兩隻蝴蝶注射了防腐液。藍色瓶子內也是透明的液體，明知道那是為了避免蝴蝶腐爛的液體，但我還是忍不住想像，注射了防腐液之後，蝴蝶就會起死回生。

父親拿起我已經處理完的一隻蝴蝶，用另一隻手上的剪刀⋯⋯剪下了蝴蝶胴體的下半部分。

我倒吸了一口氣，甚至無法發出「啊？」的叫聲。

「因為防腐液的效果可能也有問題，把含有大量水分的胴體剪掉，就可以避免發霉或是腐爛。」

也就是說，注射這個動作純粹只是開心而已。藥液也許和水差不多，即使不去買昆蟲採集工具包，也可以製作標本。難道父親是想讓我也體會一下，他小時候那

種興奮雀躍的感覺嗎?

父親完全沒有想到,這件事沒有激發我的求知欲,而是變成了獵奇嗜好的種子。

不,不是這樣,父親是把自己壓抑在內心的欲望託付給我。

用剪刀剪斷時,完全沒有剛才用手捏昏蝴蝶時的猶豫。剪刀剪下蝴蝶胴體時所產生的抵抗,並沒有透過剪刀傳遞到我的手上。

父親把木製畫板放在書桌上,為了讓我能夠在同一個畫板上作業,他把蝴蝶放在右上方,用昆蟲針刺進蝴蝶變短的胴體正中央,固定在畫板上。

拉開其中一側翅膀,用面紙壓住,接著用昆蟲針調整形狀後固定。再用相同的方式固定另一側翅膀。

「如果去大一點城市的文具店,就可以買到可以用來壓翅膀的保護膜,但其實面紙就夠了。我也試過玻璃紙和宣紙,但如果透氣性不佳,很容易發霉,其實就和壓花差不多。」

我雖然沒有做過壓花,但覺得蝴蝶的翅膀和花瓣很像。

「這樣就完成了。接下來放在通風良好的地方一個星期左右,乾燥之後,就可以放進盒子裡。你去找媽媽,請她拿一個專門用來收藏手繪盤、內側貼了布的木盒子給你。但是你不要說是要用來放標本,說是為了暑假作業,你想要拿首獎。」

人類標本　　022

但是，這個交涉並沒有成功。

我像父親一樣，用昆蟲針固定蝴蝶，拉開蝴蝶的翅膀。剛才在一旁看父親製作時，覺得好像很簡單，但是只要手的動作有數毫米的差錯，就可能會弄壞翅膀，或是把翅膀扯下來，所以必須屏住呼吸。

「你很厲害嘛，兩個翅膀的角度也很理想。」

父親大肆稱讚我，我樂不可支，沒有徵求父親的意見，就開始處理留在飼養箱內的青鳳蝶。捏蝴蝶的肚子、注射、剪斷胴體，以及用昆蟲針刺蝴蝶時，都沒有絲毫的抗拒，撐開翅膀的作業，也只用了上次一半的時間就完成了。

父親把固定了三隻蝴蝶的畫板放在桌上，為了避免陽光直射，所以把旁邊的窗簾拉了起來。我在稍微變暗的房間內，開始收拾昆蟲採集工具包。我重新用力蓋緊瓶蓋，放進盒子裡，用面紙把注射器的針頭也擦乾淨，蓋上保護蓋，放回原來的位置。

走向位在房間相反角落的垃圾桶時，在一幅畫到一半的畫前停了下來。那是一個和母親年紀相仿的女人的肖像畫，畫中的女人像女明星般亮麗動人，我看著她出了神。也許是因為我的表情太呆滯，父親笑著走到我身旁。

「是不是很漂亮？她是爸爸以前在藝大時的同學，她和我一樣，也是油畫系

聽完父親的說明，我立刻覺得，父親應該曾經喜歡過她。

「你為什麼要畫她？」

我內心有點調侃地問，因為我認定他一邊回想起初戀情人，一邊畫這幅畫，所以他之前才禁止我走進畫室。

「她請我畫的。相隔十五年，又接到了她的聯絡，她得了重病，想要留下目前的樣子。雖然她也是畫家，但是不畫人物。」

原來是這樣。我雖然瞭解了情況，但又覺得如果是這樣，照片不是比繪畫更能夠留下清晰的身影嗎？即使我沒有說出口，父親也一眼就洞悉了我這種小孩子的簡單想法。

父親走向我們剛才製作標本時使用的書桌，打開抽屜，拿出一張照片，然後又走回畫前。他默默把照片遞到我面前，照片上是和畫中同一個女人的臉，但是臉頰的顏色不是畫中的玫瑰色，笑容也像是勉強擠出來的。

「如果人也可以在最美的時候做成標本，不知道有多好。」

聽到父親的喃喃自語，我懷疑自己聽錯了，忍不住看向父親，但父親的雙眼仍然看著畫。

人類標本　　　　　　　　　　　　　　　　024

人類標本──

我的腦海中浮現出畫面,前一刻對蝴蝶所做的事,正發生在我身上。下手的人就是父親。

父親為美麗的舊友畫畫的地方,放了一張舊診療床(就是山麓一名老醫生開的內科診所內,用黃銅釘把深綠色塑膠布釘在木頭檯座上,角落好像被指甲摳破的裂縫中,露出了橘色海綿),我渾身赤裸地在診療床上仰躺成大字。

父親用雙手壓我的胸口,把注射器的針頭刺進我的左手臂……注射的位置和蝴蝶不同,可能是因為和之前在醫院的經驗重疊,疼痛的記憶擠破了想像的濾鏡衝了出來。

真實體驗凌駕了想像。

想像頂級牛排的味道時,大部分人會根據自己以前吃過的牛排味道發揮想像力,但是,即使想像一百次,在實際品嘗之前,仍無法瞭解真正的味道。我就像在房間內飛來飛去的腦中的我在注射之後,仍然有意識,眼睛也睜著。但是看到父親拿在手上的東西,頓時感到不寒而慄,觀察的視角立刻被吸入身體內。

父親手上拿的不是剪刀,而是斧頭。山上的房子並不是父親建的,原本是一個

025　にんげんひょうほん

外國人的別墅，父親買了下來，寬敞客廳內有一個壁爐，平時不會使用，只有母親的朋友一家人在聖誕節來我們家玩的時候，手繪盤排放在壁爐上方的展示架上，壁爐也會生火。

壁爐生火的日子以外，劈柴用的斧頭不是放在倉庫內，而是放在壁爐內。

在我眼中，那並不是特殊的凶器，而是源自異國的室內裝飾一部分。父親拿著這樣的東西，正準備揮向我。

我並不是想像而已，而是實際閉上了眼睛，當我睜開眼睛時，腦海中的景象都消失了。因為我聽到了父親的聲音。

「正因為不可能做到，所以我才成為畫家，而且一直被那些惡劣的媒體攻擊。」

父親說完這句話，轉頭看著我，露出了苦笑。

因為不能製作人類標本，所以才成為畫家。可以說，那一刻讓我將兩件完全不同的事結合在一起。

隔天和隔天的隔天，我都去採集蝴蝶，然後回家製作標本。

黑鳳蝶、黑色燕尾蝶、紫灰蝶、翠灰蝶，就連稀有的突角小粉蝶也都飛進了我的捕蝶網。一開始，我會把捕到的所有的蝴蝶都做成標本，但興奮的心情漸漸平靜，如果捕到已經製成標本的種類，就會當場放走。

人類標本　　　　　　　　　　　　　　026

因為要作為暑假自由研究的作業，所以除了製作標本以外，我還調查了蝴蝶的生態。我想要寫其他同學都不知道的事，學校圖書館的書可能已經有人看過了，於是我拜託母親，帶我去鄰鎮的圖書館，說是想去那裡借寫閱讀感想的書。因為我想起了父親的建議。

我發現母親雖然不曾抱怨我做標本，但內心並不認同。最好的證明，就是我在車上拜託她給我一個手繪盤的盒子時，她不假思索地拒絕了。

「因為那是聖誕節用的盤子，所以每一個盒子都要用，怎麼可能讓你放蝴蝶？那種東西只要放在香皂用的紙盒裡不就行了嗎？」

我並沒有說要用來裝標本，但是既然母親都已經這麼說了，即使我謊稱是其他作業要使用，恐怕也無濟於事，我只能放棄木盒子。

我在圖書館看了兒童自由研究的書，發現上面寫著只要在盒子裡鋪上棉花，把標本排放在上面，再用透明玻璃紙蓋起來就好。如果只是玻璃紙，母親應該會答應在回家的路上買給我，但是我並沒有提出這樣的要求。

晚上的時候，當父親走去畫室時，我立刻追了上去，戰戰兢兢地鞠躬拜託說，想要一塊水彩畫用的畫布。

製作標本之後，我一下子拉近了和父親之間的距離，在聊標本以外的事時，也不再緊張，但是涉及繪畫的問題，還是忍不住渾身冒汗。我無法抬頭看父親的臉，一動也不動地看著自己的腳尖思考著。

雖然是暑假作業，但你畫的畫只要用畫紙就夠了。也許在父親對我這麼說之前，我該告訴他是為了標本。我並沒有說謊，卻沒有自信能夠成功。於是我漸漸開始覺得，香皂禮盒的盒子背面是白色，或許可以考慮用香皂盒挑戰。只是⋯⋯

「剛好有適合的。」

父親走進畫室，拿了六號尺寸的畫布給我。我就像領取獎狀般，雙手恭敬地接了過來。

「你要在這裡畫嗎？」

在我說「謝謝」之前，父親這麼問我，我慌忙搖了搖頭。父親並沒有繼續追問，既沒有問我要畫什麼，也沒有要我畫完之後給他看，更沒有對我說加油。如果父親當時對我說了什麼，我一定會改變原本的計畫，改畫能夠準確複製的內容。

我用這種方式得到了不符合小學生身分的東西，當然不可能立刻動手。我反覆閱讀從圖書館借的書，記錄了重點，在腦海中勾勒出完成圖後，才終於開始作畫。

我不再出門採集蝴蝶，從早到晚坐在畫布前，花了整整三天，才終於完成那

人類標本　　　　　　　　　　　　　　　　　　　　028

幅畫。

母親知道我在畫畫，問我在畫什麼，我回答說，要畫通往後山路上的花田，她吐了一口氣，似乎感到放心，還對我說，很期待我的畫。

但是，母親看了我完成的畫，情不自禁皺起了眉頭。

「這是什麼花？」

「蒲公英啊。」

「顏色太奇特了，這個很像白三葉草的花也是，你要不要去問一下爸爸的意見？」

母親說這句話時，父親剛好走進客廳，說著「我看看，我看看」，伸長脖子看著放在桌上的畫布。父親目不轉睛地看著，然後歪著頭，和母親互看了一眼。他們臉上都露出不安的表情，似乎覺得該帶我去醫院檢查一下。

「這就是⋯⋯你的眼睛看到的嗎？」

「不是。」

父親在發問時挑選了措詞，我毫不猶豫地回答。也許我笑了笑。我內心有點得意，原來父親也不知道這件事。

畫中的蒲公英中央是深粉紅色，外側塗了白色。白三紋草全都塗成紅色。

「我看到的蒲公英都是黃色,白三紋草的花是白色,但是,蝴蝶看到的應該就是這種顏色。因為書上這麼寫,只是我不知道自己畫的正不正確,因為據說蝴蝶可以看到人類看不到的紫外線。這不是畫畫的暑假作業,而是自由研究的作業,所以我打算把自己查到的資料整理之後,寫在另外的畫紙上,一起交給老師。」

父親和母親都滿臉驚訝地看著我。

「太厲害了,你以後可以當學者。」

母親先稱讚了我,父親也跟著說「是啊」,但我覺得父親說話時有點心不在焉,難道是因為這個原因,我沒有立志成為學者嗎?

但是,那幅畫還沒有完成。

我在畫室的書桌上,緩緩移開用昆蟲針固定在木製畫板上的面紙後,蝴蝶出現在眼前。那些蝴蝶的翅膀無論顏色還是光澤,都幾乎和活著的時候一樣,感覺好像隨時會飛走,我下意識地看向窗戶,甚至不小心「啊!」了一聲。

蝴蝶當然沒有飛起來。

「做得很漂亮啊。」

一旁的父親很滿意地探頭張望。

「你有沒有向媽媽要木盒?」

人類標本　　030

我已經說明了這幅畫的玄機，父親似乎仍然沒有察覺。我搖了搖頭，把剛才帶進來的那幅畫放在畫板旁。

我抓著最先製作的鳳蝶胸上的昆蟲針，然後緩緩從木製畫板上拿了起來。我之前就從來沒有意識過蝴蝶的重量，但總覺得比活著的時候更輕了。

我很擔心從窗戶吹進來的風會吹斷翅膀，於是用空著的另一手擋住風，沒有拿得太高，和書桌保持平行，緩緩移動。

我把蝴蝶放在畫在前方的蒲公英上，用指尖把昆蟲針壓下去。

我畫的那幅畫，是為了襯托標本。

我在圖書館發現人的眼睛所看到的世界，和蝴蝶的眼睛所看到的不一樣，於是想像了蝴蝶眼中的世界，然後再把蝴蝶放上去，抬起頭時，我忍不住倒吸了一口氣。

把蝴蝶固定在畫板上，覺得應該很有趣。

這真的是我所知道的，在後山飛舞的蝴蝶嗎？

蝴蝶在山上綻放的黃色和白色草花上吸吮著花蜜，感覺很可愛，好像在喝甜甜的、好喝的果汁。

但是，放在鮮豔的雙色蒲公英上的蝴蝶，散發出一種小孩子難以用言語形容的感覺。如果重寫記憶，我覺得「淫靡」這兩個字最貼切。

031

にんげんひょうほん

悠然地飲用毒酒，但自己不會因此而死，而是殺死接吻的對方……如果是現在，我可以用言語表達當時像電流般貫穿身體中央的感覺。

那是一種快感。

我把六種不同種類的蝴蝶固定在畫上。雖然我製作的標本數量多一倍，但是考慮到和背景畫之間的協調感，我認為這是最佳數量。

畫板上有一排蝴蝶。畫中的蝴蝶似乎都被濃豔色彩的花吸引。

我就讀鄉下地方的小學，無論漫畫或是電視節目，都只能看經過母親同意的作品，所以我從來不曾強烈意識到不良少年或是逃家少年的存在，但是畫中的蝴蝶就像是溜出了學校的教室，闖入了禁止兒童進入的大人世界。

從窗戶吹進來的風拂過臉頰，我突然發現一個事實。

哪有什麼禁止進入？這裡就是後山，就是蝴蝶原本棲息的地方，於是，我腦海中住家周圍的環境，立刻被蝴蝶的視覺取代，我生活在一個宛如理想國的地方，只要一踏入，就會被甜蜜的香氣包圍，所有的感官都只會感受到幸福。我整個人籠罩在陶醉的感覺中。

真正的蝴蝶王國——

父親雙手扠腰，目不轉睛地看著標本固定後，所完成的畫。

人類標本

我覺得父親會稱讚我，心跳加速地等待父親開口，但是，我並沒有聽到期待中的稱讚。

「要去向鳩山堂訂一個畫框。」

父親說完這句話，就走出了畫室。鳩山堂是一家裱框的老店，父親所有的畫都交給那家店裱框，之前曾經聽說，連國外知名畫家也委託那家店。現在的我才知道，那是父親最高的稱讚，但是當時的我想要聽到更簡單易懂的稱讚，完全不知道畫框所代表的價值。

我甚至覺得一旦裱了框，再帶去學校就很難為情。只有得獎的畫會裱框（而且也只是簡單裱框而已），掛在學校的玄關或是走廊上，沒有學生一開始就交裱了框的作業。

而且我使用了畫布，別人會不會覺得我是借畫家父親的威勢？

我思考著是否能夠用委婉的方式，向父親表達不需要裱框的意思。最理想的方法，就是由母親對父親說，裱框未免太鄭重其事了，但是母親應該不知道父親是為我訂了畫框。還是我在吃飯時，故作天真地說，爸爸要為我買畫框？

但是，我並沒有執行這種拙劣的計畫。

因為那天之後，父親一天中大部分的時間都在畫室內。父親接到了電話，委託

他畫肖像畫的那個藝大時代老同學的身體正持續惡化。

那個漂亮的女人要死了嗎？我在後山怔怔地想著這件事，然後情不自禁地想像著她的遺體躺在花田中。

切除了下半身的白色裸體胸口中央，被閃著銀色的木樁固定在地上，雙手就像翅膀一樣，優雅地左右張開。周圍的鮮花呈現出蝴蝶眼睛看到的顏色，好像帶著溫度的血液仍然在蒼白的皮膚下流動，鮮明地凸顯出鮮花的美麗。

但是，就算試圖運用蝴蝶對色彩的感覺，以藝術的方式裝飾遺體，人類眼中的夏日鮮花的顏色，仍然只是黃色和白色這種清新嬌嫩的顏色。

這種感覺不適合那個女人。只看過她一張照片的我，之所以產生了這樣的感覺，是不是因為受到父親畫的肖像畫的影響呢？照片中的她穿著白色洋裝，但是畫中的她，穿著玫瑰色的洋裝。

既然這樣，難道應該使用人類眼中也很鮮豔的深紅色玫瑰，或是即將從樹枝上掉落的山茶花裝飾嗎？這樣似乎也不對。

用意想不到的顏色看待原本樸素可愛的蒲公英，讓我產生了一種愧疚感，好像看了不該看的東西。

品種改良？假花？既然這樣，繪畫也可以。遺體也⋯⋯

人類標本　　　　　　　　　　　　　　　　034

就讓一切都停留在畫上。

我搖了搖頭，努力擺脫可怕的想像，瞇起眼睛，看著頭頂上的太陽。

我的眼睛看不到紫外線。

通常父親都在畫作完成之後，才會討論裱框的事。但是這次父親還沒畫完，鳩山堂的人就來到家裡。

雖然我不瞭解那幅畫的進度，但應該完成在即。

「沒有發表就直接交給客人，實在太可惜了。」

和父親年紀差不多的男人這麼說著，走出了畫室。母親差遣我去通知父親，已經在客廳為他們準備了茶，那個人看到我，滿臉笑容地說：

「我看了你的作品，你的創意很出色。我會為你做一個漂亮的畫框，敬請期待。」

沒想到父親竟然沒有忘記也要為我訂畫框這件事，而且不是買現成品，而是專門為那件作品量身訂製特別的畫框。

那天晚上，我向母親要了毛巾禮盒的空盒子，和做手工藝用的棉花。空盒子內貼了透明玻璃紙的中蓋，很適合用來作為標本的盒子。

暑假結束了。幸好畫框還沒有送來，父母對我把用毛巾禮盒做的標本盒帶去學

校這件事,並沒有表達任何意見。

「可能沒辦法得到首獎。」

因為我要帶很多東西,所以母親開車送我去學校時,在車上這麼說,但是臉上完全沒有遺憾的表情,反而看起來好像鬆了一口氣。這難道是我瞭解實情後篡改了記憶嗎?

我就讀的那所學校,根本不會針對暑假作業進行評比。

班上有五個同學採集了昆蟲,展示在教室後方時,蒐集了獨角仙、鍬形蟲和吉丁蟲等各種昆蟲的作品吸引了更多同學的目光。

但是,在所有採集了昆蟲的同學中,我得到班導師最多稱讚。因為全班只有我同時交了調查過昆蟲的特性後總結的內容。

「各位同學也要像史朗同學一樣,並不是捕捉昆蟲後扼殺牠們而已,還要充分研究。」

老師在全班同學面前說了這番話,全班同學為我鼓掌這件事,應該對我往後的人生產生了影響,但其實我總結的內容,都只是照抄書上的內容,並不是非得扼殺蝴蝶的生命,才能夠瞭解的知識。

不過,這只是結果論,如果沒有製作標本,我對蝴蝶的興趣不可能深入到奉上

人類標本　　　　　　　　　　　　　　　　　　036

自己的未來。

也不會把蝴蝶和繪畫結合在一起。

早晚的氣溫變涼，通往後山的花田開始綻放淡紫色和粉紅色的鮮花時，那幾個人來到家中。

他們就是委託父親畫肖像畫的女人，一之瀨佐和子阿姨和她的丈夫公彥叔叔，以及他們的女兒留美。

在他們來我們家的前一週，鳩山堂的人就抱了一個大箱子來我們家，我就知道肖像畫已經完成，也已經裱好了框，但因為父親又禁止我走進畫室，所以我無法比一之瀨全家人更早知道那幅畫完成的狀況。

但是，父親准許我和他們一起進入畫室。

公彥叔叔把佐和子阿姨的輪椅固定，讓她正面對著肖像畫，留美站在佐和子阿姨旁邊。我和母親站在他們一家三口的兩側，父親緩緩拿掉了蓋在畫上的白布。

公彥叔叔大聲地倒吸了一口氣，在吐氣的同時喃喃地說：「太漂亮了。」他身材高大，和「細膩」這兩個字完全沾不上一點邊。雖然在外表上沒有任何共同點，但我覺得他和母親散發出相同的感覺。

他們都很腳踏實地，支持著不食人間煙火的藝術家。公彥叔叔的眼淚像瀑布般

037　　にんげんひょうほん

奪眶而出。

我想像他流淚的理由。即使事先不知情，他也知道坐在輪椅上的佐和子阿姨是畫中人，但是，她們並不是「同一人」。

佐和子阿姨目前看起來就像在狹小的昆蟲飼養箱內過了一晚，奄奄一息的蝴蝶。她一身白色衣服，也更加強了這種印象。雖然一息尚存，但再也無法再展翅高飛，只是靜靜等待結束的時刻。

畫中的佐和子阿姨反而很像隨時會飛起來。只要用指甲輕輕抓她的臉頰，可能就會滲出鮮紅的血；只要把手放在玫瑰色洋裝的胸口，也許就會感受到有力的心跳。

明明活著，看起來卻像是死了的人。

那雙眼睛最勾魂。

即使看著相同的東西，透過那雙眼睛所看到的事物是否更鮮明燦爛？父親並沒有像漫畫那樣，在眼睛中畫了星星，但是可以感受到那雙眼睛深處綻放出強烈的光芒。

很希望看看她眼中的世界。

想看看她擁有那雙眼睛時，所畫的畫……

公彥叔叔應該帶著比我強烈好幾倍的相同想法，一路支持佐和子阿姨走到今天。

人類標本　　　　　　　　　　　　　　　038

也許是因為一下子看到了原本已經漸漸失去的東西,他來不及控制感情,壓抑已久的淚水終於奪眶而出。

相較之下,成為畫中人的佐和子阿姨臉上的表情完全沒有變化,直視著眼前的畫。不,她的視線看向畫的方向,但是從她的表情中,完全感受不到對畫的任何反應,讓人懷疑她對映入眼簾的事物,到底有何程度的認知。

但是,佐和子阿姨轉頭看向父親,靜靜地露出了微笑。

「一朗,謝謝你,委託你果然是正確的決定。」

父親沉默不語,用掛在脖子上的手巾擦了擦眼角。不知道父親看到和畫中人判若兩人的舊友,此刻是什麼樣的心情?我正打算發揮想像力思考這個問題。

「一點都不漂亮!」

留美大叫著說。

「現在的媽媽比這幅畫漂亮好幾倍!」

和我同年的留美逐一瞪著每一個大人,最後露出好像想用放大鏡把紙燒焦般的眼神凝視著畫作,大滴的淚水一下子從她的眼中流了出來。

佐和子阿姨坐在輪椅上,伸出纖細的手臂,摟住了留美瘦小的肩膀。

「對不起。」

にんげんひょうほん

公彥叔叔對父親鞠躬道歉。父親靜靜地搖了搖頭。

「留美說得沒錯，小孩子⋯⋯都最喜歡眼前的母親。」

聽了父親的話，我也輕輕點頭。我想像著父親沒有把前半句的「無論母親變成什麼樣子」這句話說出口，同時也想到另一個問題，是否適合在病人面前稱讚她以前還沒有生病時的樣子。

我明明對留美的狀況一無所知，但是否自以為只有我才瞭解，所以想要安慰她？也或許只是想在漂亮女生面前耍酷，總之，我邀留美去外面玩。

「史朗，謝謝你。」

比起佐和子阿姨對我露出溫柔的笑容，留美頓時露出興奮的表情更令我竊喜。在玄關穿鞋子時，我雖然看到了放在雨傘架內的捕蝶網，但是並沒有伸手去拿。因為蝴蝶飛舞的季節已經結束了。雖然我信心滿滿地帶她出來，卻無法讓她見識到我最引以為傲的景色，不禁有點遺憾。

但是，當留美來到通往後山的花田時，情不自禁地張開雙手，「哇！」地叫了起來。

「太美了。」

她睜大的雙眼證明這句話發自肺腑。

「夏天的時候，會有很多種類的蝴蝶飛來飛去。」

「是嗎？留美喜歡紋白蝶。」

我有點意外。因為我以為留美會喜歡顏色更加鮮豔的蝴蝶，但是隨即又改變了想法，覺得也許她只是沒看過什麼蝴蝶，就像我來這裡之前也一樣。

「這是什麼花？」

留美指著淡紫色的花問道。我可以說出後山所有種類蝴蝶的名字，不過對花並不太瞭解，但我家周圍也開了很多這種花，父親曾經告訴我，所以我知道。

「這是松蟲草。」

「啊？明明是花，名字卻有蟲。這種花邊緣這裡的顏色真可愛。」

留美蹲了下來，撫摸著柔軟花瓣邊緣的部分說，但是我不太理解。也許女生覺得可愛的東西，和男生所看無論邊緣還是內側，都是相同的顏色。我努力找到了自己能夠接受的解釋。

到的不一樣。就好像蝴蝶和人類看到的顏色不一樣⋯⋯

我想把話題引導向自己精通的事物上，想讓自己看起來更優秀。在她問我其他花的名字之前，我告訴她，我捕了很多蝴蝶，製作了標本。留美沒有自己做過標本，甚至從來沒有看過標本。

041　にんげんひょうほん

畫室角落還有釘在畫板上的蝴蝶，我打算帶她去看。於是我們離開了花田，留美有點依依不捨，走回家的路上回頭看了好幾次。

回到家時，大人正在客廳喝茶。

「媽媽，妳聽我說，有很多新的色彩。」

留美跑到佐和子阿姨面前，興奮地向她報告。

我問父親，我想讓留美看蝴蝶標本，可以去畫室拿嗎？

父親在說什麼。

「我原本想留到晚上再看。好吧，既然這樣，就拿來給大家看一下。」

父親說完後站了起來，說他去畫室拿。我發現父親沒有聽懂我的意思，但也猜不透父親在說什麼。當父親雙手捧著盒子走回來時，我才發現原來是那個。

父親把盒子放在大桌子上，打開了蓋子。

「是蝴蝶的畫！」

留美歡呼起來。

我第一次製作的標本出現在漂亮的畫框內。木製的畫框上有一片令人聯想到蒲公英的幾何圖案，四個角落都雕出了精巧的鳳蝶圖案。自己真的畫得這麼好嗎？我默然不語地看著畫框中的世界，好像第一次看到別人的作品。

畫框是通往另一個世界的窗戶，窗外是無邊無際的景色。那是沒有人類，只有

人類標本　　　　　　　　　　　　　　　042

蝴蝶的王國……

「真正的蝴蝶釘在上面。」

留美時而把臉湊近，時而後退，看著我的畫出了神。我一時產生了錯覺，以為她也被吸進了畫框另一側的世界。

「是剛才的花田吧？太美了，留美剛才就是去那裡。」

佐和子阿姨和公彥叔叔聽到留美這麼說，也圍在畫框旁。

「好美啊。」

佐和子阿姨瞇起眼睛說。聽起來不像是對小孩子作品的恭維。她的眼神和留美一樣，比起蝴蝶，似乎更聚焦在背景的繪畫上。

「色調很有藝術感。」

公彥叔叔對佐和子阿姨說。我猛然想起佐和子阿姨是畫家，頓時感到無地自容。

「這是蝴蝶看到的世界。暑假的時候，他不僅去採集蝴蝶，還去圖書館借書，研究蝴蝶的生態，然後畫了這幅畫。」

原本專心款待客人的母親向前一步，向客人說明。不知道是不是預防客人對兒子的視覺產生誤會。

「竟然會想到用這種方式表現。」

公彥叔叔一臉欽佩地把雙臂抱在胸前，時而向前，時而後退，打量著那幅畫。

三位訪客不理會我們一家人，看著眼前的作品出了神的景象，就像在近距離看舞台劇，感覺特別有趣。

他們對我的作品著了迷。

「留美想要這幅畫。」

留美對著她的父母說完，轉頭看著我。我無法承受她直視的視線，看著父親，把這個問題交給父親。雖然很高興得到稱讚，但是我不想送給別人。

原本只是為了應付暑假作業而製作的作品，卻意外可能不再屬於我。在意識到這件事的瞬間，立刻對作品產生了感情，覺得那是我很重要的東西。

只有透過這幅畫，才能夠進入我和蝴蝶的世界，我不希望被拒之門外。

「我願意收購。這幅作品是連結我和蝴蝶世界的窗戶，完全沒有『只要再畫一次就好』的想法。」

公彥叔叔對父親深深鞠了一躬，這次輪到父親難以承受，轉頭看著我。

「我真的很久沒有看到我女兒露出這麼興奮的眼神了，拜託了。」

「雖然我也對要求你們割愛重要的作品感到很不安，但我也一起拜託你們。」

就連佐和子阿姨也鞠躬說道。

母親打破了凝重的氣氛。

「請你們不要為這種事低頭拜託,那只是他的暑假作業,根本不值得花錢買,就當作是史朗送給留美的禮物。」

說這句話的是唯一不瞭解我作品價值的人。如果我這麼說,可能有人會誤會,認為她是不合格的母親,但是大部分人看到這幅作品,應該都會有和母親相同的感想。

而且,我覺得「史朗送給留美的禮物」這句話很動聽。只要送這幅作品給留美,我和她之間就還有以後。

「好啊,那就送妳,也不要錢。爸爸,可以嗎?」

我之所以徵求父親的意見,是希望他同意我連同畫框一起送給留美。

「這是你的作品,你決定就好。」

我聽了父親的回答,看向留美。雖然我內心抱著一絲期待,以為她會說著「謝謝」撲向我,但是留美仍然看著畫,好像她的靈魂已經進入了另一側的世界。

在我幫忙把佐和子阿姨的肖像畫和我的標本搬上車時,公彥叔叔用只有我能夠聽到的聲音小聲問:

「史朗,今年的聖誕節,你會向聖誕老人許什麼願?」

聖誕老人從來沒有來過我們家。每次都是吃蛋糕時,母親對我說:「這是爸爸

和媽媽送你的禮物」,然後送我書或是手套之類的禮物。生日的時候,我也從來沒有主動要求任何禮物。

也許是因為這個原因,所以我不擅長思考自己想要的東西。

「既然你對觀察蝴蝶有興趣,你覺得相機怎麼樣?」

聽了公彥叔叔意想不到的提議,我瞪大了眼睛。這似乎就成為我的回留美向我道謝後,還令人欣喜地和我約定:「我會寫信給你。」我的臉頰發燙,向漸漸遠去的車子揮手。

暈染了山脊上方的晚霞天空很美。

不知道蝴蝶眼中,是什麼樣的景象?

想完這件事,我就把通往蝴蝶眼世界的窗戶拋在腦後。

不久之後,我們收到了一台讓母親嚇到腿軟的相機。我愛不釋手,無論看到什麼,都會舉起相機,好像打算把所有的記憶都收進相片中。

難道我當時已經預感到,在這裡的生活並不會長久持續?

在接到美麗的老同學去世的電報後數日,父親也離開了這個世界。

父親獨自前往山麓的城鎮,車子在雪地中打滑,衝下了懸崖。我不認為是老同學召喚父親,也不覺得父親追隨她而去。我並不是因為顧慮到母親的感受,才會這

人類標本　　　　　　　　　　　　　　　　　　　　　046

麼想。

父親和那個老同學眼中的世界不一樣。不知道為什麼，我有這樣的感覺。

父親葬禮時，我聽到了那些冷血心腸的人說的八卦。父親在獲頒某個勳章的派對致詞時說「想要製作人類標本」。父親不僅因為這個原因被迫交還了勳章，還被貼上了在當今的時代，無法公開寫出來的歧視語言標籤，導致他無法再相信人性。

父親和我一起在畫室製作標本時的表情，卻是我內心最喜歡的樣子。母親雖然不喜歡我製作蝴蝶標本，但並沒有干涉，也許是感受到父親的心境藉由製作標本漸漸恢復了。

父親死後，母親靠著娘家的幫忙，帶著我搬去了一個沒有蝴蝶，除了人類以外，其他生物都被混濁的空氣抹滅，充滿了人工物品的地方。住在山上時所使用的東西，幾乎都被母親丟掉了。

幸好我生長的環境在經濟上不虞匱乏。

我和母親兩個人住在當時算是高樓層華廈的房子，我有自己的房間，而且空間很寬敞。不知道是否因為外公是大學教授的關係，無論新的書桌還是書架，都挑選了可以使用一輩子的東西。

母親也很中意我新就讀的小學。

047　にんげんひょうほん

雖然教科書種類不一樣，但山上的學校和新學校都是使用經過文部省鑑定的教科書，原本我對課業頗有自信，進入新學校時，發現每一件事的節奏都很快，我以為自己不是坐在二年級的教室，而是誤闖了高年級的教室，不由得產生了混亂，只能在同學的身後拚命追趕。

我很痛苦，也很無聊。

追蝴蝶的生活那麼快樂。即使蝴蝶飛向了伸手不可及的天空，即使在以為快捕捉到的瞬間，蝴蝶翩然翻身閃躲，即使牠們藉由擬態躲藏，我從來都不曾有過放棄的念頭。

以前覺得高掛在頭頂上的太陽在轉眼之間變成了深色，看到太陽的身影漸漸消失，會感到極度惋惜。

如今，一天的時間很漫長，想到不知道還要熬過多少個這樣的日子，就覺得好像有一塊大石頭壓在身上，雙腿不禁發軟。也許明天再也站不起來了。我每天都臉色蒼白地去學校，回到家時已經氣若游絲，然後直接回房間，倒在床上。

我想念蝴蝶。我希望能夠只想著蝴蝶過日子。

於是，我比小時候住在山上時更專心埋首於蝴蝶，最後……

人類標本　　　　　　　　　　　　　　048

我成為變態殺人凶手，殺害像美麗蝴蝶般的少年，將他們以「標本」為名進行裝飾後拍下照片。為了追求這種藝術的極致，甚至對自己的兒子下手。

〈前傳〉

我成為日本昆蟲學，尤其是蝴蝶領域的權威，並順利成為了教授。「蝴蝶在人生路上引導我」這種說法完全不誇張。

如果問我，這次的行為是不是我多年深入研究的集大成，我必須更正，事實並非如此。

其實我在不到半個月前，才萌生了想要蒐集像蝴蝶般的少年，用他們製作人類標本的想法。

通往禁忌世界的大門突然打開了，打開那道門的鑰匙，就是當年的標本。

小學一年級的秋天，和我同年的少女留美來到我們位在山上的家，我把那年夏天製作的蝴蝶標本送給她當作禮物。留美在臨別時對我說，她會寫信給我。一之瀨一家人回家的隔天開始，我養成了每天檢查信箱的習慣，但是，留美的信從未寄達山上家裡的信箱。

是不是她母親身體每況愈下，她沒空寫信？郵差覺得特地來半山腰送一封信太麻煩，所以偷偷把信丟掉了？

人類標本

我每天想像著各種可能性，化解內心的失望，但隨著父親突然離開人世，我也無暇再想這些事。

搬去新家之後，我就不再等她的信。因為留美和她的父親並沒有來參加父親的葬禮，兩家人之間只是這種程度的交情，我認為母親當然不可能通知他們新家的地址。

但是，我收到了留美的信。經過二十五年的歲月，她寄信到我任職的大學研究室。我當時還是副教授，她在報紙上看到了我在小笠原群島發現了新品種蝴蝶的報導，想起就是當年的那個男生。

留美成為了畫家，信中還附上了個展的邀請函，比起她的作品，我更想知道當年可愛的留美現在長成了什麼樣子，於是我造訪了那家小型藝廊。

一踏進展場，我差一點暈眩。

色彩的洪水。這是外界批評她的作品時，最常使用的一句話。她的風景畫和人物畫都運用了無數色彩層層堆疊，呈現鮮豔的效果。曾經聽說有某家科學機構分析了她的作品，發現她的一幅畫中，使用了高達一萬種顏色。

看了她的作品，不得不認為「色彩魔術師」這個封號當之無愧。

但是，她並沒有因此獲得高度評價，也不受歡迎。

051

にんげんひょうほん

花俏。眼花繚亂。不懂得減法的美學。無法感受到對原風景和模特兒的敬意。

只是，我徹底被打敗了。

那不是像真正的洪水般混濁的水，而是色彩繽紛的水塊沒有相互融合，堆疊出巨大的浪濤，席捲我的全身，恣意捉弄我，讓我幾乎窒息，最後又把我丟進一個乾枯的空間，透明的空間內留下光彩的殘像，身體有一種在夢境的世界中漂浮的感覺。

這正是我苦苦追尋，想要親眼見識的世界。

蝴蝶眼中的世界──

在研究蝴蝶期間，蝴蝶所看到的世界是我研究的課題，也是內心最重要的事項。

這個課題的論文，在國外也得到了高度評價。

在我任職大學的理工學院的協助下，製作了蝴蝶眼睛接收頻率相同的紫外線鏡片，做成了眼鏡，前往世界各地蝴蝶的群居地。在累積知識和經驗後，即使不需要眼鏡，我也可以在腦海把所看到的景色轉換成蝴蝶眼睛模式。

我得到了蝴蝶的眼睛。

然而，留美的畫徹底擊潰了我的這種優越感。

我透過持續研究，得以用蝴蝶眼睛所看到的世界，終究只是把高精密度的紫外

人類標本　　　　　　　　　　　　　　　　　　052

線濾鏡,加在像風照一樣定格的平面上,只能變換出人類能夠識別的顏色。

在留美的畫中,當深度、立體感,以及光照、風吹的角度不同時,色彩和色彩所描繪的軌跡也會發生變化,並不存在黃色蒲公英、紅色鬱金香、水藍色窗簾、白色洋裝這種固定的色彩。她的畫讓人瞭解到,色彩是持續變化的生物,物體只是色彩的容器,作品只是擷取了這些色彩某一天、某個時刻的剎那。

松蟲草邊緣的這個顏色很可愛。留美當年說這句話時,所看到的並不是紫外線濾鏡下的淡紫色花朵,也許就連她自己在那次之後,也沒有再看過同樣的顏色。那是只有那一剎那才能看到的顏色,是人生中稍縱即逝的顏色。

但是,她能夠用繪畫的方式重現、捕捉了那個瞬間,呈現在不具備那種眼力的人面前。

她把上天恩賜她的天賦分享給沒有這種天賦的人。這才是真正的藝術家。

我徹底被擊垮,難以清楚回想起出現在我面前的留美身影。

一方面是因為她穿了一件白色洋裝的關係,我記得當時覺得她像紋白蝶。對她來說,那應該是最繽紛的衣服。

蝴蝶化身為人,描繪出眼中的世界。

留美是引領前往蝴蝶世界的引路人。

所以我帶著尊敬和畏懼對留美說：

「妳擁有蝴蝶的眼睛。」

但是，留美聽到我這麼說，放聲大笑著否認了。

「留美的眼睛屬於留美，這都是我的雙眼看到的世界。蝴蝶應該也自嘆不如。」

熱帶雨林深處、乾涸的沙漠、一伸手，似乎就可以碰到天空的高地。我回想起自己忘我地追逐蝴蝶的土地。深綠色、土黃色、鈷藍色。不知道那些地方在留美的眼中是什麼樣的感覺。

我想和她一起去旅行。這種淡淡的念頭在轉眼之間，就被在身體深處翻騰，像帶著濕氣的黑色沙子般的東西吞噬了。

成千上萬的蝴蝶打造了只屬於我的神聖領域，我不想讓留美靠近一步。我有我的看法，也有我的呈現方式。

我意識到自己是一個鳥肚雞腸的人，但仍然有微不足道的堅持。

也許是因為這個原因，我們沒有發展成為戀人。但是，我們成為好朋友。留美對我的研究產生了興趣。

雖然她能夠表現眼睛所看到的世界，之前卻從來不曾試著瞭解觀察對象所隱藏

的特性，她想要試試，是否能夠用色彩呈現內在的東西。只有能呈現表裡一致，才是真正的呈現。她的這番話，也帶給我很多啟發。

就連留美的眼睛也無法看到的蝴蝶世界。

蝴蝶並非只是可愛美麗的動物，所有的蝴蝶都有各自的特性。

留美生日時，我沒有送戒指或是花，而是送她刊登了我論文的雜誌或標本，或許這也是我們一直停留在朋友關係的原因之一，抑或是因為我們都有各自熱中的事物，所以沒有足夠的時間？

在我們重逢不到一年的時間，又迎來了離別。

留美把創作的重心轉移去了紐約。只要比較她的作品在國內外的評價，任何人都能夠理解她做出了這樣的決定。

由於網路的發達，我得以隨時報告彼此的近況，我也能夠從電腦上看到留美的新作品。

在我向她報告，「為了追蝴蝶而廢寢忘食的我，決定和持續為我做飯糰的人結婚」後，她回信告訴我，「我即將嫁給每天早上為我送熱狗和咖啡的人」；當我通知她，「升格為人父了，幸好兒子長得和我太太一模一樣」，她也和我分享，「我生了一個女兒，應該（希望）會繼承在數字方面很強的優秀丈夫的才華」。

就連我們失去配偶的時間也很相近，而且都是因為令人痛心的車禍造成天人永隔。

我們相互激勵，相互討論，尤其是關於育兒的問題。

多虧留美介紹了一位曾經去美國留學，學習社會福利的女人經營的保母派遣公司，兒子很乖巧坦誠，也沒有影響我的研究工作，讓我能夠順利升上教授。

也就是說，我的人生沒有片刻離開過蝴蝶的世界。然而，深藏在我大腦深處的禁忌之門始終沒有開啟。

那道門上了鎖，門鎖的鑰匙和留美的才華並沒有關係。

不能因為我這次的作品中，尤其在色彩運用方面，可能會讓人聯想到留美的作風，就輕率地認定我受到了她的影響。

雖然優秀的作品能夠震撼靈魂，但是深藏在內心的門，只能用自己打造的鑰匙開啟。

留美只是向我遞出鑰匙。

今年初夏，我收到了那份邀請函。

正確地說，那並不是寄給我，而是寄給我的兒子，目前就讀中學二年級的至。

留美在半年前回到了日本，開了一間繪畫教室培育後進，她邀集繪畫教室中有

人類標本　　　　　　　　　　　　　　　056

才華的學生,在暑假期間舉辦夏令營,所以邀請了至,問他是否也願意一起加入。

我和留美互通電子郵件時,從來沒有向她提過至的畫,但她似乎從業界報紙上得知,至在小學六年級暑假作業畫的風景畫,獲得了全國比賽的第一名。

那是一幅畫了里約熱內盧貧民區的街景水彩畫,至無論在我面前還是接受報社採訪時,都謙虛地表示,參賽作品中,只有他畫的是外國風景,因為稀奇,所以才有機會得此殊榮,但其實任何人一眼就可以看出他的作品並不是他說得那麼簡單。雖然整幅畫中完全沒有畫任何一個人,卻可以從畫中感受到當地人的各種生活氣息。這絕對不是我盲目溺愛的意見。

最好的證明,就是我雖然透過學校的作品展示會,瞭解到至在繪畫方面的才華比同年齡的孩子更加出色,但我認為那是因為美式幼兒教育計畫之一,讓至未滿三歲,就開始在保母推薦的教室學習繪畫的緣故。

不,我必須在這裡實話實說。

其實我內心充滿嫉妒。至具備了我無法從父親身上繼承的才華,還有很像妻子的俊秀容貌,以及對知識的吸收速度……留美也寫了充滿熱情的評語。

『至的畫太出色了,即使沒有榊這個姓氏,也可以發現他繼承了榊一朗大師的

才華,我很想看他畫的人物畫。」

接著,她在信中提到了我們第一次見面的那一天,以及山上的那棟房子。

『我當年對為我母親畫了肖像畫,足以代表日本的畫家,也就是你的父親的態度太失禮了,我為此發自內心感到後悔。

如今,我才終於瞭解那幅畫的價值。

你帶我去那片花田之後,我才終於能夠肯定自己的眼睛所看到的世界。

雖然那天只去了你家數小時,但那個地方是我身為藝術家的起點。

回國之後,我去了那裡,發現那棟房子還在,於是我就買下來作為別墅,重新裝潢翻新了。即使你兒子沒有興趣參加繪畫夏令營,希望你也可以來走一走。

深夜時分,我在自家書房內靜靜地看著電腦,忍不住大叫一聲「怎麼可能!」然後站了起來。

山上的房子還在,而且留美成為那棟房子的主人。以前是客人的留美,邀請我去那裡作客。人生真的會發生不可思議的事。

我帶著牧歌般的心情回想起少年往事,隔天,我向至提議,希望他去參加繪畫夏令營。他在國中沒有參加美術社,而是參加了攝影社,所以我有點擔心他沒有興趣,但是,向來很少流露感情的他,聽了我的提議後,笑著回答說他想要去。

人類標本　　　　　　　　　　　　　　　　　　058

「不知道能不能看到黑鳳蝶。」

比起畫畫,他對蝴蝶更有興趣,我內心湧起了愛憐。

我採集過紅珠鳳蝶,沒想到他竟然想看黑鳳蝶。

我猛然想到一件事。平時因為我們父子很少有時間相處,所以如果我去國外出差剛好遇到他放暑假和寒假這種長假時,就會帶他一起出國。也因為這個原因,他雖然曾經看過在南美或是東南亞生息的閃蝶或是玫瑰青鳳蝶這些稀有的蝴蝶,卻不太瞭解國內的蝴蝶。

紋白蝶和鳳蝶這些在我小時候,即使在都市,只要稍微找一下,就可以發現的蝴蝶,在不知不覺中,已經從日常的風景中消失不見了。

山上的房子通往後山那片花田的蝴蝶王國,不知道是否一如往昔。如果我帶至去那裡,告訴他「這裡就是爸爸研究蝴蝶的起點」,不知道他會露出什麼樣的表情。

那道門開啟之前,我還能夠當一個普通的父親,一個對見證兒子的成長感到幸福的父親,或者說是人類──

記憶中的山上房子好像在遙遠的異鄉,但因為日本各地高速公路的建設,我發現從家裡開車前往,只要兩個小時左右就可以抵達。小時候曾經懷疑郵差放棄送信

的那條狹小山路，也整修得很平整。

除此之外，因為時下流行戶外活動，離家五百公尺的山下木屋的露營場，附近的車站每個小時就有一班到露營場的直達巴士。

因為要去接其他參加繪畫夏令營的學生，所以我去了那裡的停車場。也可以扛著行李走路前往，但是留美說既然我開車，就請我順路接他們。

我配合巴士抵達的時間來到停車場，發現兼為候車室的寬敞涼亭內，五名少年都坐在長椅上，旁邊放著各自的行李箱和運動袋等大行李，有的人在看書，各做各的事。

不知道是因為時下的孩子天生都是巴掌臉，而且手長腳長，還是有藝術天分的孩子都很懂得自我管理。

他們的氣場太強大，我就像遇到藝人時一樣，在出聲打招呼前忍不住猶豫了一下，但是當我下車報上了自己的姓氏後，所有人都端正姿勢，向我打招呼，露出笑容對我說：「麻煩你了。」

開車前往的路上，坐在後車座的少年問我，我大可以輕鬆回答說：「很遺憾，我沒有繪畫的才能。」但是離開露營場後的道路和兒時的記憶完全一樣，我開著占

「榊老師，你也會指導我們畫畫嗎？」

人類標本　　060

滿整條路的大型車，載著包括兒子在內的六名少年約出來的藉口，根本沒有餘裕和他們閒聊。但是，這也成為我之後把這幾名少年約出來的藉口，雖然那道門尚未開啟，但走向毀滅的序曲或許已經響起。

不一會兒，車子就順利抵達了山上的房子。

一下車子，我就看著眼前的景象出了神，幾乎忘了呼吸。因為我記憶中的房子就出現在眼前。之前聽留美說，她重新裝修了房子，我以為外觀變成了外國的小木屋，沒想到和我想像的完全不一樣。

我彷彿穿越了時空，當年和父母一起生活的房子就在眼前。留美的重新裝潢，似乎只是將搖搖欲墜的房子恢復記憶中樣貌，但她明明只有造訪過這棟房子一次而已。

當留美從這棟房子的玄關現身時，更令我驚訝不已。我懷疑自己真的穿越了時空，這次揉了揉眼睛，連續眨了好幾次眼睛。並不是父親畫的藝大時代的漂亮老同學，雖然留美沒有坐輪椅，但看到她的樣子，我忍不住感到不安，不知道她還能夠在這個世界停留多久？

在互通電子郵件時，我想像中電腦彼端的她，是她什麼時候的樣子？她回日本

的理由是……？

但是，即使她的外表改變，感性仍然沒變。她似乎洞悉了我內心的想法。

「雖然有很多事要聊，但晚一點我們私下再聊。」

她露出溫柔的微笑對我說完，轉頭看向那幾個少年，用開朗的聲音問他們是否寫完了學校的功課，然後催著他們趕快進屋。

我跟著那幾名少年，最後走進屋內，發現自己不由得心潮澎湃。從搬離這棟房子，不，留美全家離開的那一天開始的人生都是夢，接下來才是那一天的繼續？

我冷笑一聲，甩開了這種想像。當我踏進屋內，發現和記憶中有微妙的差異。

雨傘架內沒有插著捕蝶網，門口的水泥地上也不見父親愛穿的草屐。

當我準備脫鞋的瞬間，看到從屋內來到我面前的少女，再次忘了呼吸。留美就站在我眼前，當年跟著父母一起來我們家的留美，就站在我面前。

難道是因為沿途的緊張終於鬆懈，陷入了懷舊的感覺，所以大腦擅自創造了非真實存在的事物嗎？

少女歪著頭，似乎對拖鞋明明在我面前，我卻遲遲沒有進屋感到納悶。這時，一名少年走了過來。

「杏奈，行李要放去哪裡？」

這句話把我拉回了現實。眼前的少女不是留美，而是留美的女兒杏奈。仔細一看，就發現和留美那一天的髮型不一樣，服裝也完全不一樣，是時下流行的款式。她們的年紀也不一樣。她和剛才那幾個巴掌臉，手和腳都很修長，這似乎是時下孩子的共同特徵，說他們像小學生，看起來就像是小學生，但如果說他們二十歲，也並不會感到意外。時下年輕人的外貌，在不同人的眼中，可以有多種不同詮釋方式，這是以前那個時代的孩子並不具備的特質。

雖然我被拉回了現實，但是踏進客廳時，再度陷入了天搖地動的錯覺。

去亞馬遜雨林深處時，曾經在天候不佳的狀況下搭螺旋槳飛機，這一刻的感覺和當時很像。因為氣流影響，機身用力搖晃，好不容易恢復了平衡，才剛鬆了一口氣，機身又再次搖晃。

掛在牆上的畫，就是父親為佐和子阿姨畫的肖像畫。眼前的情景幾乎吞噬了我。留美被譽為色彩魔術師，在世界各地得到讚賞，但完全沒有看到她的作品。寬敞的客廳牆壁上，只掛了這一幅畫。

正因為如此，我的記憶開始動搖。那天之後，這幅畫是否一直都掛在那裡？不對，是接下來才要把畫交給他們。我不是穿越了時空，而是只有這棟房子的時間停

063　にんげんひょうほん

止了。

為什麼停止？為了等待。等待誰？等待留美嗎？該不會是等待我？為什麼？

至的聲音趕走了我內心的起伏。

「爸爸，我把行李放在二樓最裡面的房間了，留美老師說，那個房間的光線最好，以前可能是你的房間。」

我還沒有把至介紹給初次見面的留美，他已經叫她「留美老師」。可能是跟著其他少年這麼叫。

其他幾個少年也來到了客廳，當他們喝著杏奈為他們準備的冰檸檬水時，至已經和他們混得很熟，好像他也是繪畫教室的學員。暑假作業寫完了嗎？不知道能不能放煙火？看著他們閒聊，心情就很放鬆。

簡直就像在花田輕盈飛舞的蝴蝶。

那個少年像哪一種蝴蝶？他呢？還有他呢？不知道是巧合，還是留美曾經事先交代，至穿著黑色馬球衫，但其他五名少年全都穿著白色的T恤或是馬球衫，只有褲子的顏色都不一樣。至有白色衣服嗎？我想了一下，但當然不可能想到答案。

因為我從來沒有帶他去買過衣服，但在我的印象中，他好像整天都穿黑色衣服。

人類標本　　　　　　　　　　　　　　　　064

我是否曾經對他說，你喜歡的不是紅珠鳳蝶，而是普通的黑鳳蝶吧？所以他才說想看黑鳳蝶嗎？

「史朗，你過來一下。」

留美站在客廳深處，沒有生火的壁爐前叫我。雖然她看起來很虛弱，但是說話的聲音很響亮。我又差一點被拉回過去的時光，但是留美既沒有生氣，也沒有哭。

長得很像留美的杏奈加入了幾名少年一起聊天，心情愉悅地問他們巴士怎麼樣、有沒有暈車、露營場如何之類的問題。留美和杏奈母女似乎搭豪華計程車來這裡。

我來到壁爐前，忍不住看向壁爐內。那把斧頭豎在內側的牆壁前，木柄雖然很陳舊，但刀刃發出光澤，似乎隨時可以拿來劈柴。

壁爐上方並沒有放手繪盤，但一個舊盒子直立放在那裡。以前似乎是白色的，但已經徹底泛黃了。以前這裡有掛什麼畫嗎？留美是否發現，我就像在玩「大家來找碴」一樣，比較著今天和那一天，有哪裡不一樣？

「等一下要去花田嗎？」

留美輕輕笑了一聲說，然後又接著說：「但是在此之前，我想把這幅畫也掛在牆上，你可以幫我看一下嗎？」

她拿起壁爐上方的盒子放在桌子上,緩緩打開了盒蓋。看到她從盒子裡拿出的東西,我覺得自己的靈魂一下子被抽走了。

那是我製作的蝴蝶標本,在父親的畫室製作的蝴蝶標本。把蝴蝶標本釘在我所畫的蝴蝶眼中的花田上,完成的作品。不知道是否因為裝在畫框中的關係,蝴蝶的翅膀完全沒有變色,看起來和當時一樣。

原本以為自己很不會畫畫,沒想到相隔多年重新打量,發現構圖很巧妙,色彩也很鮮豔。以目前所掌握的知識檢視當年根據圖書館借來的書,發揮想像力畫出的蝴蝶眼中的世界,發現有很多部分的詮釋都錯了。

但是,畫中的世界是不是更接近真實?大腦深處感到一陣麻痺,這種想法也越發強烈。

比起後來人生的每一個瞬間,住在這裡的那段時間,自己和蝴蝶世界的關係最密切。

我的視線無法離開標本。當時想像的蝴蝶世界,和累積新知識所認識的蝴蝶世界,就像是兩種熱巧克力在冰冷的大理石上相互交匯、融合後漸漸凝固,在腦海中漸漸向那個世界擴散。

到底哪一個才是正解?如果可以擷取腦海中的景象,我很想問一下留美。妳看

人類標本　　　　　　　　　　　　　　　　066

到的，是不是這個世界？

不，不是。正如留美之前所說，她的眼睛和蝴蝶不同，只是她所看到的世界，也許她看到的世界更鮮豔。

所以，還是我腦海中的景象更接近蝴蝶的世界。我很想和留美分享。

興奮之中，戰慄騷動。

我未必能夠一直隨時隨地在腦內進行切換，上天恩賜的禮物不可能永遠持續著。既然這樣，要怎麼留下上天的恩賜呢？是否能夠設計出將影像變成這種顏色的程式？還是將相機鏡頭的功能進一步細分？八成無法做到。因為這已經超越了法則。

如果我可以畫出來。

爸爸。這時，我聽到了爸的聲音。他似乎真的叫了我一聲，我的視線終於從標本上移開，把頭轉向聲音傳來的方向。

「聽說爺爺的畫室原封不動地保留了下來，我可以和大家一起去參觀嗎？」

在場的所有少年都轉頭看著我，但是，那不是人的身影，而是不同種類的蝴蝶化身，背景也是蝴蝶的視覺。

某種像電流般的東西貫穿了我身體的中心。

身為一個人類,將只有我所能看到的這個世界上最美的景象,以永恆的方式留存,讓更多觀眾可以看到……這不就是上天賦予我的天命嗎?

〈準備〉

我原本以為自己沒有藝術才華，對此已經不抱希望，結果發現才華隱藏在基因中，我必須在別人面前掩飾不惜失去人生所有的一切、也要挑戰的興奮。在作品完成之前，絕對不能被任何人發現。

我想親手讓眼前美麗的景象成為永恆。

如果對象是蝴蝶，我根本不需要克制滿溢的衝動。我忍不住思考，至今為止，我在追蝴蝶時，臉上都露出什麼樣的表情。

研究室的學生經常說，老師總是一張撲克臉，無法瞭解老師內心的想法。但是助理有時候會開玩笑問我，現在老師腦袋裡想的是哪一種蝴蝶？

我有無論如何都想要得手的蝴蝶。

這次我無法說這句話。如何才能避免被人發現？難道要在腦海中默唸聖經的某個段落嗎？不需要做這種不自然的事。

即使感受到自己體內流著藝術家的血液，「研究」仍然是形成我這個人的血肉。

我從早到晚都在想著蝴蝶的事，妻子曾經無奈地對我說：「你連說夢話都在說蝴蝶」

的名字，偶爾說一下女生的名字，讓我提心吊膽一下。」

在著手製作之前，可以先動手寫說明標本的說明書。只要用日常的行為掩飾未知的領域，就完全不需要害怕。

那些俊美的少年是蝴蝶。

至今為止，我不知道有多少次為了追蝴蝶，踏入了禁區。曾經因為不慎闖入了南美的私有地，被槍口對準。但是，當我在日本住宅區的小公園內，帶著一群年幼的孩子追蝴蝶，雖然有母親露出詫異的眼神看過來，卻從來沒有人報警。對榊史朗這個人來說，並不是什麼稀奇事。

就算之後將出現禁忌的行為。

真正的藝術，或許只能用作品表達自己想要傳達給世人的世界，但是，我是研究者。

我的作品由標本和說明書這兩個部分組成。這麼一想，就有一種不可思議的感覺。

肖像畫是⋯⋯由於我第一次接觸到的肖像畫，就是父親為佐和子阿姨所畫的肖像畫，當時雖然只是小孩子，仍然能夠發現繪畫能夠呈現出照片無法呈現的東西，瞭解到繪畫的價值。但是父親應該也曾經畫過素昧平生的人。

人類標本

070

畫家對模特兒瞭解多少？

留美在第一天所有人都聚集在山上的房子時，就當著包括至在內的六名少年的面公布，接下來的十天，要請他們完成畫作，然後會從中挑選出適合成為她接班人的少年。這並不是普通的頭等獎，而是舉世聞名的色彩魔術師的接班人。

暑假期間，面對這幾個在遠離日常的空間內興奮不已的少年，她或許想要用誇張的說法炒熱氣氛，但即使是不參加競爭的我，也可以感受到現場的空氣頓時緊張起來。

雖然我沒有看過任何少年的作品，但既然留美挑選他們成為接班人的候選人，想必都很有才華，立志成為專業畫家。

至加入這些少年沒問題嗎？難道留美邀請至加入，只是把他視為陪襯，作為這些實力派少年的緩衝材料，或是催化劑？

但一旦競爭展開，我的心情和在看台上觀看運動會的家長無異。我的兒子能夠精巧地重現肉眼所看到的事物，雖然和留美的流派完全相反，但是在繪畫方面頗有實力，我當然會期待他獲得首獎。

但是，當我得知模特兒是杏奈，內心立刻湧現了不安。

即便來到山上的房子才短短幾個小時，也能夠發現那幾名少年並不是第一次見

到杏奈。有人很熟絡地直接叫她的名字，也有人從杏奈手上接過飲料，就漲紅了臉，慌忙把視線移開。

我可以感受到，他們或多或少都對杏奈有好感。

杏奈在每一個少年的心裡，而且他們內心的杏奈並非完全相同。不光是被她像日本娃娃般美麗容貌，或是燦爛的笑容吸引，應該也有人在瞭解她的性格之後喜歡她。但是，至第一次見到杏奈，內心並沒有杏奈的位置。即使在短時間內就被她吸引，也只是因為外表因素，所以只能畫出肉眼所看到的身影。

那些少年會畫出什麼樣的畫？不，我很想在一旁看著他們畫畫，把他們的身影深深烙在腦海，構思自己的作品。雖然我很希望如此，但我的暑假和他們的不一樣。

我決定只在山上的房子住一晚，隔天早晨就離開。

我和留美約定，十天後會來接人。

「敬請期待他們的作品。」

留美笑著送我離開。我一心期待著她帶著相同的表情迎接我的到來，告訴我決定由至成為她的接班人，然後踏上了歸途。

車子開到半路時，我突然想起杏奈身穿一身白色洋裝，站在留美身旁向我揮手的樣子。她早餐的時候穿的是黑色T恤，所以一定是為了當模特兒而換上了這身衣

人類標本　　　　　　　　　　　　　　　　　　　　　　　　　　　072

服，換上了這件洋裝……

如果畫中的杏奈也穿白色洋裝，就無法成為留美的接班人。

原本打算去高速公路的某個休息站打電話給至，但立刻搖了搖頭。山上的房子手機沒有訊號，如果他們有事，只能往山下走一段路去露營場打電話，但是我無法緊急聯絡他們。

雖然不知道他對父親的研究有多大的興趣，但那不是靠臨陣磨槍能夠重現的世界。

原來如此。我忍不住笑了起來。也許是因為完全不必在意任何人，所以我笑出了聲音。

在沒有留美那雙眼睛的人中，最理解那個世界的人就是我。

我是不是可以成為留美的接班人？

我又笑了起來。我和她同年，怎麼可能成為她的接班人？

但是，我所構思的作品，即使遭到全世界的譴責，留美應該也會給予高度肯定，她會放下倫理觀，純粹從藝術作品的角度看待。

就像小時候，她說想要我的標本一樣。

我要製作的，是奉獻給留美的作品。

在我腦海中展開的蝴蝶世界，住在深處宮殿內的女王身影和留美重疊，就像一

張照片般深深烙在我腦海中。

但是，女王已經不在。

從山上的房子回到家的隔天，我又沿著相同的路線回到了山上。因為我接到了至的電話，說留美老師緊急送去了醫院。

去山上的房子途中，我先去了醫院，幸好留美當時是可以探病的狀態，她把家裡的鑰匙交給了我，請我把那幾名少年分別送回家。

「原本還期待可以讓你看到作品，真是太可惜了。」

留美深深嘆了一口氣。當我抵達山上的房子時，少年也都露出了相同的表情，問我該如何處理幾乎還是空白狀態的畫布。

六塊三十號尺寸的畫布，和佐和子阿姨的肖像畫尺寸相同。

「過一段時間，應該就能夠重新舉辦這個活動，所以先放進倉庫吧。」

我這麼指示少年，絕對不是為了作為日後約這幾名少年出來的藉口。我相信留美的身體很快就會恢復，而且也希望如此。

我甚至覺得，大家可以在山上的房子等她回來。

但是，留美沒有用她剩下的體力和精力回到山上的房子，而是出發前往美國，選擇在自己人生中最發光發熱的地方，度過為時不多的日子。事後從醫生口中得知，

那天能夠讓我探視,其實也是奇蹟。

倉庫內有巨大的壓克力板箱子,那不就是標本箱嗎?為什麼有這種東西?我不禁感到戰慄,忘了是哪一隻蝴蝶告訴我,這是留美老師為了將他們的作品放在戶外展示所準備的,而且倉庫內甚至還有角材。

這也是天命。我覺得上天用手掌推了我一把,於是下定了決心。

因為我想讓留美欣賞,所以決定用照片的方式保留作品。

我要用留美的父親送我的那台相機,那是用當年的標本換來的。所有的一切都匯聚到那個標本上,我為這段美麗的人生軌跡沉醉不已。

為了能夠親自沖洗自己拍的蝴蝶照片,我在家裡製作了專門的暗房。

我留下了所有少年的手機號碼,以免他們有東西遺忘在山上的房子,或是留美有事要通知他們,然後把他們每個人都送回了家中。

「榊老師,真希望你可以指導我們畫畫。」

只要一追上去,就會逃得無影無蹤,沒想到猛然回過神,竟然停在自己的肩膀上。有一名少年就像蝴蝶一樣親切地對我說,我決定最先聯絡他。

〈歡迎光臨美術館〉

終於可以公諸於世了。可能有人覺得不耐煩，只想看標本而已，但我相信很多人更想要瞭解「動機」。

而且，我希望各位能夠認為前面的部分是心理準備運動。

接下來發生的事，對我來說是藝術，但是對有些人來說，可能會造成生理上的痛苦。

既然翻開了這部作品，我不希望有人因為覺得太噁心，所以只看了三頁就闔起來。

看到這裡，各位應該已經作好了接受的心理準備，相信也有人已經在某種程度上想像了作品，但是我可以向各位保證，接下來所發生的事，絕對超乎想像。就請各位充分享受。

作品 1

尖翅藍閃蝶

閃蝶科閃蝶屬
前翅長 65～85 mm
南美中北部・主要在亞馬遜河流域

中南美有六十多種閃蝶,但原生種的金屬藍色,像藍寶石般鮮艷奪目,即使在一百公尺以外都可以看到,在眾多閃蝶中也格外漂亮。從不同角度看翅膀時,會呈現不同的顏色。翅膀上的鱗粉雖然沒有藍色色素,但是鱗粉具有反射藍光波長的構造,所以呈現出炫目的藍色,但只有雄蝶有這種「構造色」。

翅膀背面則是黯淡的顏色,有的是圓點圖案,也有些像落葉或是樹皮的圖案。

閃蝶是在叢林中棲息的蝴蝶,在原生林中的河流沿岸可見其身影。

「作品的展示型態」

使用長 200 cm×寬 200 cm×深 80 cm 的透明壓克力（厚 2 cm）箱。內部裝上使用相同材質的透明十字架（由兩根 10 cm×10 cm×198 cm 壓克力棒組合而成）。

讓標本對象服用安眠藥後，用注射器注射治療心臟衰竭的藥物 Colforsin Daropate。

用斧頭砍除肋骨以下部位（由於閃蝶胴體油分較多，有可能會影響翅膀的耀眼光芒，所以在製作標本時，會事先去除胴體。製作本次標本時，也遵循此手法）。

切口用經過特殊加工的蜜蠟膜覆蓋處理。

肢體表面，塗上閃蝶的藍色。

為了使塗料能夠重現閃蝶選擇性反射波長的特性，使用灰色金屬粒子和硫化鋅粒子塗覆在透明薄膜上，將塗覆層從透明薄膜撕下，就得到鱗粉狀的粉末。

使用噴霧瓶噴塗顏色，在噴塗時，保持角度和濃度均衡，但只有心臟部分調整角度和濃度，藉此呈現出當陽光從展示箱正上方照射下來時，心臟好像被上天挖走的奇特樣貌。

肢體背面用瓦斯噴槍燒焦。

【拍攝方法】

將展示箱豎立在蕨類植物茂密的地方，從正面、背面拍攝。

拍攝背面時，調整碰到展示箱的蕨類植物，使植物背面朝向正面。

【製作動機・觀察日記】

和那些少年見面時，我通常都避免自己開車，盡可能使用公共交通工具。因為我的車子太顯眼。

深澤蒼對此露出極其失望的表情。那天天氣很好，他說原本很期待看到我的車子。我們在他家和他上的補習班中間的河岸旁見面。

「那輛車很貴吧？」

蒼似乎很瞭解那輛車，他說當他在露營場看到車子，然後車子停在自己面前時，

兩側肩胛骨下方留下圓點狀的疤痕。

使用銀色木楔將肢體釘在展示箱內的十字架上。

將尖翅藍閃蝶標本放在左手無名指上，宛如蝴蝶停在那裡。

關閉展示盒，完成。

「因為我協助廠商開發塗料，所以車廠根本給了我很大的折扣。」

我露出卑微的笑容，向他說明了其實根本不必提的事，沒想到蒼興奮地雙眼發亮說：「開發！太厲害了！」我不由得移開了視線。

去山上的房子參加夏令營的少年外形幾乎都很出色，說他們像模特兒，也完全不誇張。

在這幾名少年中，蒼特別引人注目。

蒼知道自己外貌俊美，從他充滿自信的言行，就可以發現到這件事。

他從小就經常因為俊俏的外表被人稱讚，這些稱讚就像鱗粉一樣層層堆疊，覆蓋在他身上，形成了光芒。一舉手，一投足，就會綻放出不同的光芒。無論做什麼，無論光從哪個角度照進來，都會熠熠生輝。

無論在多麼強烈的光照射下，即使成為標本，這種光芒都不會褪色。

沒有這種光芒的人就像被光吸引，情不自禁地伸出手般，想要觸碰他的光芒鱗粉，他也不會逃走。

他似乎認為別人被他吸引是理所當然，不僅允許別人靠近，甚至會主動縮短別人在無意識中保持的些微距離。

人類標本　　　　　　　　　　　　　　　　　　080

他在拉近距離後，會對對方說出甜言蜜語。

你並非一無所有，最好的證明，就是我在這裡，渴求你的甘蜜。如果你沒有發現自己的甘蜜，要不要我告訴你？

他知道汽車塗料的機制，央求著想要閃蝶的標本。他說要付錢，我當然不可能向和兒子同年紀的少年收錢。

我不需要煩惱哪一種閃蝶，我決定選擇所有閃蝶中，被認為是全世界最美蝴蝶的尖翅藍閃蝶。

當我問他想要壓克力製的還是木製的標本箱，他回答說，都可以，因為他想要用真正的蝴蝶翅膀做首飾。

據說有職人專門把蝴蝶翅膀貼在挖空的玻璃珠內，成品看起來像天然寶石。他張開左手，放在太陽下說，他想要一個模擬蝴蝶的銀戒指，然後把這顆玻璃珠鑲在戒指中間。

我想把閃蝶的藍色隨時戴在身上。

把珍貴的標本用在這種地方，是不是太輕率了？他苦笑的臉也很俊美。「應該很適合你。」我能夠想像，自己這麼回答時的表情並不卑微。

和他在一起時，會陷入一種錯覺，彷彿他光芒的粉粒會飄落在我的身上，我也

081　　にんげんひょうほん

會和他發出相同顏色的光芒。

他畫中的藍色令人印象深刻，會聯想到夏卡爾[1]。雖然在山上的房子無緣看到他的新作品，但他用手機向我出示了幾幅畫作。雖然素描部分有重心不穩定的問題，但運用藍色表現光的品味出類拔萃。

「並不是因為受到名字[2]的影響，但這是我的最愛。」

我問他學畫畫的動機時，他的回答很簡單明快。

「因為我喜歡漂亮的事物，所以我也超愛蝴蝶。」

看著他面帶笑容的臉，我下定了決心。

為了設計標本的架構，必須更加深入瞭解他。

我想見識一下他在夜晚的臉。並不是因為猥瑣的慾望，我喜歡在陽光下閃發亮的閃蝶，即使透過蝴蝶的眼睛，也看不到淫靡的色彩。臉上會呈現更深奧的藍色，彰顯本身的美。正因為本身沒有顏色，所以會如何反射月光，閃耀出什麼樣的藍色？

只要在他補習班放學回家時跟蹤他，就可以知道這件事⋯⋯

河岸旁的橋下，有一棟幾乎連小屋也稱不上的房子，上面蓋了褪色的藍色塑膠布，蒼點火燒了那棟房子。他只是把點了火的打火機，放在塑膠布褪色的部分幾秒鐘而已。

塑膠布在熔化的同時燒了起來,他踩著悠然的腳步離開,彷彿對燃燒的樣子沒有興趣。我追了上去。

我不能叫他的名字。他走在前面,我追了上去,上氣不接下氣地從背後抓住他的肩膀。如果他的身體抖一下,我會稍微改變對他的印象嗎?

他可能已經發現是我在追他,認為我是他可以用美色搞定的對象。

「你為什麼要做那種事?」

我用顫抖的聲音問,他若無其事地回答說:

「因為很髒,那是我最討厭的藍,但是,不用擔心,裡面沒人,今天的沒人。」

蒼笑著說,轉身再度邁開步伐。他的腳步輕盈愉快,簡直就像是風紀股長撿起路旁的垃圾拿去丟掉一樣。我在他的後背,看到了惡魔瞪大的眼睛,一定是因為我知道閃蝶背面的關係。

閃蝶背面的醜陋樣子,會讓人誤以為是蛾。

1 馬克・夏卡爾（一八八七—一九八五），白俄羅斯猶太裔的俄法著名藝術家。他的畫呈現出夢幻、象徵性的手法與色彩,「超現實派」一詞便是為了形容他的作品而創造出來的。

2 「蒼」有藍色之意。

083　にんげんひょうほん

之前也曾經發生多起類似的事件,警方認為是同一人所為。而且我知道,上一次的事件中,小屋內並非無人,遺體被燒得焦黑,無法分辨男女。

我並不打算向他確認這些事。

當然也不會對自己沒有報警有絲毫的罪惡感。

確定了作品完成圖的正面和背面,我的內心湧上興奮,於是專心摸索更接近理想的呈現方式。

不需要裝飾,只要做出能夠觀賞美麗表面與醜陋背面的標本。

我想給你閃蝶的標本,要不要跟我一起去?

我約他一起前往山上的房子,至於在製作標本之前,我和蒼之間的相處,和完成品沒有關係,所以姑且割愛(以下相同)。

作品2

休伊遜彩裳蛺蝶 [3]

蛺蝶科彩裳蛺蝶屬

前翅長 75 mm

南美巴西・亞馬遜河上游

彩裳蛺蝶屬的蝴蝶只有六、七種類，通常都有藍色、黃色、紅色或是橘色等非常鮮豔的美麗翅膀，成功採集的數量極少，所以在世界各地都很受歡迎。休伊遜彩裳蛺蝶的幼蟲吃成為毒品原料的古柯樹的樹葉成長，因此體內具有毒性。鮮豔的色彩是為了昭告天下，自己的身體有毒。

---

[3] 原文為「ヒューイットソンミイロタテハ」，學名為 Agrias hewitsonius，本書以音譯表示。

【作品的展示形態】

使用長 200 cm × 寬 200 cm × 深 80 cm 的透明壓克力（厚 2 cm）箱。

讓標本對象服用安眠藥後，用注射器注射 Colforsin Daropate。

並未砍去下肢。

除了右手臂以外的肢體表面，正反面都使用水性水泥漆畫上以藍綠、藍色和橘色三種顏色為基調，讓人聯想到彩裳蜉蝶的圖案。

右手臂則畫上以紫色為基調的漸層，呈現中毒的狀況。

在展示箱內倒入深十公分厚度的水泥。

當水泥凝固後，將標本對象放在中央。

放置完成後，繼續倒入三十公分水泥，為了讓下肢完全埋入水泥，用綁在打入水泥中的掛鉤上的鐵絲固定雙腳。

將上肢調整為好像衝破水泥牆壁羽化的形狀後加以固定。

倒入水泥。

水泥乾了之後，在牆面上畫上鳳梨花、省藤、香蕉等生長在亞馬遜河上游的植物，但是形狀和顏色並非在正常精神狀態下，視覺所看到的樣子。

我用讓人聯想到在酩酊大醉狀態下，數秒之後，視覺扭曲的流動線條，以及在

人類標本　　086

實物中不可能看到的顏色加以呈現。

水泥乾了之後，用木樁在數個地方敲出裂痕。

然後把休伊遜彩裳蛺蝶的標本放在肢體右手臂的手肘內側，靜脈明顯的部分，藉此表達毒素是從這裡進入身體。

關閉展示盒，完成。

【拍攝方法】

將展示盒直立在長滿鮮豔深綠色青苔的樹林中，從正面攝影。

完成之後，再用一水桶的水泥泥漿從展示盒上方倒下來，營造出墓碑豎立在森林中的感覺，再次拍攝。

【製作意圖・觀察日記】

我去露營場接準備前往山上房子的少年們時，石岡翔最吸引我的目光。因為在一群黑髮，或是少年特有的栗色頭髮中，只有他的頭髮染成了接近橘色的金髮。

我在他們這個年紀的時候，是所謂不良漫畫的全盛時期，素行不良的人十之八九都是金髮（不是染髮，而是經過漂染褪色處理），現在即使走在治安混亂鬧區，

也很少會看到這種金髮。

之前在聽教育相關的講座時提到，現在的不良少年衣著打扮都和普通的學生一樣，會在一些看不到的地方耍壞。

但是，翔除了頭髮的顏色以外，並沒有其他看起來像不良少年的地方。他和我說話時，也親切地和我聊天，感覺是一個坦誠開朗的少年。只有他叫我杏奈的名字，也親切地和至聊天，一開始就沒有使用敬語，不過他親切的笑容消除了我內心的困惑和不舒服的感覺。

但是，我依序把參加夏令營的少年送回家時，有一種「我果然猜對了」的想法。

雖然一旦說出來，會證實我從小就對不良少年帶有偏見，但事到如今，也不需要掩飾這種想法。

我原本認為只有經濟狀況一定水準以上家庭的孩子，才會去留美這種等級的畫家所開的繪畫教室學畫畫，事實上，除了翔住在只要因為颱風等因素，導致河水氾濫，房子就馬上泡水的地區。

為了觀察他，我搭電車前往那個地區。抵達他家之前路過一個地方，讓我忍不住停下了腳步。在私鐵高架軌道下方隧道的牆壁上畫滿了塗鴉。

人類標本　　　　　　　　　　　088

那是在宇宙空間試圖吞下整個地球的無齒翼龍。

根據以上的文字描寫，很多讀者應該會想像宇宙空間是接近深藍色的藍色，地球是藍、白和綠色，無齒翼龍是接近土黃色的棕色系。但是，塗鴉完全沒有使用以上的顏色，黃色、橘色、紫色、藍綠……簡直就像是休伊遜彩裳蛺蝶的色彩。雖然塗鴉中有藍色，但只用在無齒翼龍翅膀的一部分。

構圖也很歪斜和不穩定，只要長時間盯著看，就會有暈眩的感覺。感覺並不是因為素描功力不佳，而是在描繪正確的形狀之後刻意製造的歪斜，令人產生時空扭曲的錯覺。雖然塗鴉畫的是荒誕無稽的世界，卻可以明白到底在畫什麼。

那是我內心絕對無法創造出來的世界。

這種感覺，讓我想起了少年時代，得知人類和蝴蝶所看到的世界不一樣，以及第一次去參觀留美個展的日子。

我的身體深處發出顫抖。這是什麼樣的眼睛看到的世界？

「叔叔。」這時，背後有一個聲音叫我。

是翔。他身上穿了一件皺巴巴的白底T恤，下半身穿了一件黑色燈籠褲，金色頭髮的上半部被一塊似乎一起放進洗衣機裡洗過，丟進同一台洗衣機裡洗過，讓人忍不住想要嘆息的毛巾包了起來。

「這是我畫的。」

翔似乎看到我正在打量他的畫。

「我還以為公所的人又來了,正覺得很失望,原來是叔叔,那就放心了。」

翔說完這句話,對我露齒一笑。我假裝沒有察覺他的牙齒因為抽菸而變了色,也對他笑了笑。

「你的眼睛很有意思。」

翔聽了我的話,驚訝得瞪大了眼睛。

「留美老師也在這裡對我說了相同的話,雖然當時並不是這幅畫。怎麼回事?你們在交往嗎?」

他的腦袋這麼單純,竟然可以畫出眼前這幅畫。我感到驚訝的同時,能夠想像出留美站在和我目前相同的位置看畫時的表情。在她因為受到疾病的侵襲而顯得疲憊的表情之下,是否透露出當年我從山上的房子帶她去通往後山花田時的那張臉?

「留美老師看了之後,就邀你去她的繪畫教室嗎?」

「沒錯,叔叔,你該不會也是來挖角?」

翔樂不可支地告訴了我,他之前和留美之間的對話。不需要付學費,也不必付材料費,願意邀請他以優待生的身分加入繪畫教室,請他務必加入。如果有需要,

人類標本　　　　　　　　　　　　　　　　090

還可以支付交通費。留美當時積極邀請他。

「我從小學開始，就經常因為畫畫得獎，但從來沒有人這麼大肆稱讚我，而且反而常被說什麼『不要以為會畫畫就好』，或是『不是什麼地方都可以畫』，甚至還有人惱羞成怒地罵我，叫我別太得意了。所以留美老師的稱讚讓我很高興，我就去了繪畫教室，結果發現那裡都是有錢人家的公子和千金小姐，於是我就說，我無法在這種地方畫畫。」

他自己也察覺到，自己和其他少年的不同。

「結果留美老師說，我可以在其他時間去教室，可以一個人畫。」

留美在山上的房子時提到的接班人。我認為翔應該是最有力的候選人為了能夠讓他在繪畫教室畫畫，留美甚至願意提供特別的待遇。但是，留美能夠為他放寬標準到什麼程度？

我想起了南美的平價旅館和酒館的香氣，很像是玫瑰和百合以七對三的比例混合所產生的香氣。不，是模仿這些花的廉價香料以相同的比例混合，所產生的人工香氣、氣味、臭味⋯⋯

雖然曾經多次遭到誘惑，但我帶著堅強的理性⋯⋯沒錯，我想起年幼兒子的臉，拒絕了這些誘惑。

「你並不是擁有特殊的眼睛,留美老師同意你使用會讓腦海中呈現美妙世界的惡魔之物嗎?」

翔當時臉上浮現的笑容,證明了他和惡魔之間交換了條件。惡魔向他提供樂園,他畫出樂園作為代價,以此吸引新的犧牲品。

翔用手機出示了之前在留美的教室畫的畫。留美為他的畫取了「蝴蝶飛舞的花園」這個名字。我完全陌生的蝴蝶,在完全陌生的鮮花上飛舞。這裡是哪裡?到底出現在哪裡?

你想去這樣的世界玩一玩嗎?如果藥頭同時拿著翔的畫向我兜售,我有辦法拒絕嗎?

「留美老師說,如果是一年前的她,應該不會同意。」

留美果然發現了。她發現與自己女兒同年的十幾歲少年染了毒,非但沒有引導他戒毒,反而為他提供了可以利用這件事畫畫的環境。

「話說回來,比起在教室拘謹地坐在畫布前,我更喜歡在自由的時間,在這種地方畫畫。一旦被公所的人發現,就會被塗掉。我覺得公家單位不應該把錢花在這種奇怪的地方,而是要用來栽培雖然家裡很窮,但有某些亮點的青少年,就像留美老師一樣。」

人類標本　　　　　　　　　　　　　　　　　　　092

翔假惺惺地大聲笑了起來，舉起一隻手，準備離開。他說要去向在汽車修理工廠上班的「學長」拿顏料，順便拿「藥」。

「學長說，叔叔車子的那種塗料太貴了，沒辦法給我。」

翔說完，就轉身離開了。數天之後，我說要送他那種塗料，把他約了出來。

雖然我一度猶豫，為了藝術的發展，是否要將他排除在作品之外，但是描繪由毒品產生的世界，無論作品多麼出色，都無法在公共領域獲得肯定。相反地，一旦他成為被連續殺人犯奪走光輝燦爛未來的少年，他的作品反而會得到保護。

啊啊，如果我的這種想法也是毒品造成的反應，不知道該有多好。

不是惡魔帶給我瘋狂，而是瘋狂本來就在我的內心。

這種人，一定就是世人口中的惡魔。

作品3 紅肩粉蝶

粉蝶科豔粉蝶屬

前翅長 35 mm

中國南部、馬來半島、印尼半島、婆羅洲島

紅肩粉蝶應該是所有粉蝶中，分布區域最廣的種類。紅肩粉蝶的翅背近內緣有紅斑，不光是這個種類的蝴蝶，粉蝶類通常背面都有亮麗的顏色和圖案，但表面是白色或黑色等不起眼的顏色。食草為桑寄生科植物，在蝴蝶中，只有這種蝴蝶在幼蟲時食用特殊的植物。

一作品的展示形態一

使用長 200 cm × 寬 200 cm × 深 80 cm 的透明壓克力（厚 2 cm）箱。

在木製十字架（由兩根 10 cm × 10 cm × 198 cm 木棒組合而成）上，用油畫顏料

讓標本對象服用安眠藥後，用注射器注射 Colforsin Daropate。

用斧頭砍下頸部，讓臉部轉向背面，再使用經過特殊加工的蜜蠟膜接起。

肢體頸部以下的部分，在油畫顏料中加入砂子，以白色和黑色，在胸部側邊畫出根據紅肩粉蝶翅膀表面花紋設計的圖案，打造出粗糙乾澀的感覺。

肢體頸部以下的背面部分，用黑色和黃色，畫出根據紅肩粉蝶翅膀背面花紋設計的圖案，兩側肩胛骨上方至臀部，以直徑約五公分的紅玫瑰連成線狀，為了強調花朵的光芒，使用同色發光粉末顏料完成。

包括臉在內的頭部，採用聯想到槲寄生的配色和圖案。

將肢體背面朝上，放在十字架上，用蔓性玫瑰固定。

將紅肩粉蝶標本的表面朝上，放在閉起的右眼上。左眼上的標本則是背面朝上，然後加以固定。

關閉展示盒，完成。

畫出像杉木樹皮的感覺，放置在展示箱中央。

並未砍除下肢。

にんげんひょうほん

「拍攝方法」

把展示盒放在樹林中，讓穿過樹葉灑下的陽光像聚光燈般打在展示盒的上半部分，分別從正面和背面拍攝。

如果有可以令人想起潺潺水聲的水岸，也很適合。

「製作意圖・觀察日記」

雖然我算很會使用電腦和手機，但是從來不曾對素人拍攝的影片產生興趣，只是也不至於討厭，也不會要求兒子不可以看這些東西，但如果他在吃飯時，還在看這種影片，我當然不可能默不作聲。

即使平時幾乎都是他一個人吃飯，那天只是剛好父親和他一起吃飯的情況也一樣。

但是，至滿不在乎地把手機遞到我面前說：

「我馬上就關掉，但是，爸爸，你也看一下這個。」

我在無奈之下，只能低頭看向手機螢幕，發現一名少年像搖滾歌手一樣，穿了一身紅色皮革材質的衣服，臉上畫著好像歌舞伎隈取妝[4]般的濃妝，隨著節奏強烈的音樂起舞。

人類標本

那是我二十多歲時，街頭巷尾都可以聽到的熱門歌手的搖滾歌曲。我記得已經去世的前妻，生前也加入了他的粉絲俱樂部。

融入現代風的舞蹈很精采，但是他身後的畫更吸引了我的視線。比他身高更高的大畫布上，用油畫顏料畫著巨大的紅玫瑰。

是他自己畫的嗎？富有立體感，可稱之為淫靡的鮮豔色彩，如果是出自少年之手，的確令人嘆為觀止。

「咦？你該不會沒有發現？他就是之前一起去留美老師山上房子的同學啊。」

在至告訴我之前，不，即使在他告訴我之後，我仍然不知道是哪一名少年，不，是哪一隻蝴蝶。除了至之外的五個人，五隻蝴蝶。用刪去法刪到只剩最後一名少年時，我仍然無法確信。

浮現在我腦海中的少年名叫赤羽輝。

他感覺很不起眼，我幾乎想不起他的長相和身材，不過並不是因為和閃蝶、彩裳蛺蝶在一起，才顯得不起眼。

4 在臉上繪製線條，誇張地表現血管和肌肉。根據角色的不同，隈取的顏色也有所不同，如紅色系多代表正派人物，藍色系多代表反派人物，褐色系多用來代表鬼怪等。

蝴蝶中，雖然也有像枯葉蝶那樣，為了避免被鳥獵食，關閉起橘色和藍色的美麗翅膀，擬態成枯葉的種類，但是赤羽輝也不是那樣的感覺。

這個少年散發出奇特的感覺，明明抬著頭看向前方，卻完全融入周圍的景色。

五官清秀，就算沒有化濃妝，應該也很受女生歡迎⋯⋯素人將短影音上傳到網路上時，也許重點不在美醜，而是能不能令人留下深刻印象。

「原來你們在這麼短期間內就變成了好朋友，他願意把自己用和平時完全相反的樣子拍影片的事告訴了你。」

「不，是我不小心找到的。如果他增加主題標籤，很可能會爆紅，但現在搞不清楚他到底想紅，還是想要保持低調。」

仔細一看，發現影片的觀看數只有三位數。即使不瞭解短影音的世界，也知道這樣的數字並不算走紅。

「有時候秘密和寶物是一體兩面。」

我輕咳了幾下，掩飾自己不小心說了真話，然後把手機還給了至。之後，我在自己房間內打開電腦，反覆看了那段影片多次，原本輝模糊不清的身影，變成了明確的蝴蝶樣子。

人類標本　　　　　　　　　　　　　　　　098

幾天之後，我約輝在一個音樂廳前見面。

「這裡和我畫的玫瑰有什麼關係嗎？」

輝之所以這麼問，是因為我用這件事作為約他出來的藉口。

「以前，我太太很喜歡一個搖滾明星，那個搖滾明星的現場演唱會中的經典畫面，成為口耳相傳的傳說。在安可曲的最後一首歌即將結束時，搖滾明星把刀子刺進了胸口，然後紅玫瑰從天而降，整個舞台上都是滿滿的紅玫瑰，彷彿濺出的鮮血。歌手插著刀子唱到最後，然後就倒了下來，舞台暗了下來。聽說有好幾個女生都尖叫昏倒了。」

「你太太也昏倒了嗎？」

「不，不知道該說我太太很堅強還是很務實，或者說很精明。她明明坐在後排觀眾席，但是在混亂之中擠到前面，撿了很多玫瑰花瓣，塞進口袋裡。她把那些花瓣做成壓花當書籤使用，還曾經拿給我看。因為那些花瓣都變了色，所以我只是猜想，你畫的那些玫瑰，會不會也是當時舞台上的玫瑰？」

輝閉口不語，抬頭看著通往音樂廳入口的筆直階梯，吐了一口長長的氣，轉頭看向我。

「那個搖滾明星雖然都化濃妝，但是像叔叔這樣年紀的人，是否曾經看過他素

099　にんげんひょうほん

顏的樣子？」

那個搖滾明星在演唱會的幾天之後，用書面的方式發表了引退說明，在大部分人幾乎遺忘他之際，傳出了他在自家臥室內死亡的消息。根據妻子打聽到的消息，刀子插進胸口，無法得知是自殺還是他殺，床上放滿了紅玫瑰。

「不，我沒有看過他，我太太應該也沒有。但是，我只要看骨骼，就不難預測你和那個明星長得一模一樣。」

我完全沒有唬人。除了蝴蝶的眼睛所看到的世界，在經過多年的研究，我還培養了其他方面的眼力。

「我不能引起別人的注意，因為我媽說，一旦別人知道我的父親是誰，我媽就會遭到逮捕。我原本以為因為她是某家公司高層遺棄的情婦，不希望我提及父親的事，所以用這種話來嚇唬我，但是在YouTube上看到那個搖滾明星的瞬間，就覺得那個人可能是我的父親。雖然有點難以置信，但覺得有可能就是這麼一回事。不可思議的是，以前上台朗讀作文，都覺得很難為情，很不想上台朗讀，但是想到我身上流著和父親相同的血，就很希望站在舞台上，站在聚光燈下。」

我點了點頭。也許兒子的宿命，就是尋求父親的血緣。

「所以我就覺得一旦化了妝，拍成影片上傳應該沒問題，我想盡力為自己創造

人類標本　　　　　　　　　　　　　　　　　　　　　　　　　　　100

「你的畫很出色，比真正的玫瑰更加血紅了白玫瑰？或是只要碰到花瓣，手指上就會沾到血跡？是不是有人在拿玫瑰時，握住了銳利的刺，花瓣上吸滿了手上流的鮮血，總之，會激發這種奇特的想像。」

「留美老師也說了類似的話。」

沒想到留美看到了影片之後，主動和他聯絡，邀請他參加繪畫教室。

「但是，留美老師還對我說了另外一句話。」

那是我完全無法想像的話。

「就算自己沒有站在舞台上，只要作品受到矚目，也等於是自己得到了喝采。」

輝聽了留美的話，就放棄拍攝影片，專心學習繪畫。他希望可以成為留美老師的接班人，畫出能夠讓為看畫的人內心帶來亮麗光芒的畫。

這是他的真心嗎？

留美應該並不知道他眷戀父親的血脈。

輝真正渴望的是自己成為主角站在舞台上，成為聚光燈的焦點。

也許他希望別人發現他的父親是誰。

我能夠實現他的夢想，我能夠把輝真正的樣子，變成以藝術為名的標本。

「舞台。」

101

にんげんひょうほん

作品 4

紋白蝶

粉蝶科白粉蝶屬
前翅長 20～30 mm
包括日本在內的北半球溫帶地區、澳洲

紋白蝶是隨著高麗菜的栽培而在世界各地生長的蝴蝶，除了高麗菜以外，紋白蝶也會以油菜花等為食。

由於較易採集，所以經常作為學習昆蟲生態和生物生命週期的教材。

紋白蝶的翅膀為白色，但前翅和後翅的前緣是灰黑色，前翅中央有兩個灰黑色斑點。

紋白蝶具有特殊的視錐細胞，可看到紫外線的顏色，所以紋白蝶可以看到四原色以上的世界。

紋白雄蝶的翅膀有紫外線的顏色「紫外色」，用紫外線拍攝雄蝶和雌蝶，會發

現雌蝶的翅膀是白色，雄蝶的翅膀是紅黑色。雖然紋白雌雄蝶在人類的眼中看起來一樣，但是可以看到紫外線的牠們，可以清楚地識別彼此。

作品的展示形態

使用長 200 cm× 寬 200 cm× 深 80 cm 的透明壓克力（厚 2 cm）箱。

準備長 198 cm× 寬 198 cm× 厚 5 cm 的畫布。

用水彩顏料畫出用四原色視覺表達的月夜油菜花田（參照一之瀨留美所畫的「藍寶石之夜」）。

將完成的畫放入壓克力箱內，在背面內側用強力膠固定。

讓標本對象服用安眠藥後，用注射器注射 Colforsin Daropate。

雙手臂手肘以下的部分浸入朱色墨汁染色。

將白色和紙剪成寬七公分的繃帶狀，將頸部以下像木乃伊般包起。

使用黑色墨汁，在身體全身畫出讓人聯想到紋白蝶雄蝶翅膀的圖案。

將肢體放在畫的中央，用透明釣魚線縫在畫布上加以固定。雙手高舉，好像伸向在畫的上方中央的月亮，雙腿併攏，彎曲膝蓋，倒向左側，彷彿被母親抱在胸前

準備三十個紋白雄蝶標本，形成蝴蝶好像從閉起的雙眼羽化般的感覺，彷彿沿著朱色手臂飛向月亮。

關閉展示盒，完成。

【拍攝方法】

直立在開滿高山植物的花田中央。

在凌晨十二點和正午拍攝。並未嚴格遵守凌晨十二點的時間，而是以月亮的位置為優先。

【製作意圖・觀察日記】

我送五名少年回家時，只有白瀨透的家人邀請我進屋小坐。一方面也是因為他是最後一個的關係。

雖然我原本打算推辭，但是和透長得很像，皮膚白皙、有一雙可愛大眼睛，個子嬌小的阿嬤邀請了三次，我也就無法拒絕了。

走進面向馬路，看起來古色古香的大門，欣賞著整理得井然有序的大院子，一

人類標本

104

踏進感覺可以被指定為文化財產的氣派日式房子，水墨畫的屏風立刻映入眼簾。雖然我身為畫家的兒子，但由於對這個領域很生疏，所以無法判斷，蝴蝶成為水墨畫的題材究竟是很普通還是很難得一見。

一群紋白蝶在油菜花田飛舞。

「這是我畫的。」

我聽到透在身後得意地告訴至。「是喔！」我也轉頭看向他。畫得很出色，如果說是知名畫家的作品，我一定會上當。

透平時每週去水墨畫教室上一次課，他只是受邀以訪客學生的身分參加留美教室的夏令營。

他的畫風和色彩魔術師完全相反，也許和至受到邀請一樣，只是為了給那幾個有實力成為接班人的少年帶來「啟發」。

巧妙運用或深或淺墨汁的水墨畫，散發出寧靜的躍動感，似乎可以聽到蝴蝶的呼吸，並不會讓人想要透過蝴蝶看世界。

數十年來，我一直、一直都很羨慕蝴蝶的眼睛，當時不禁對畫中的蝴蝶產生了一種優越感，你們一定不懂只存在於黑色和白色中的美和靜謐。

在玄關旁的和室喝著茶，配著茶點蜂蜜蛋糕時，透對我說：

105　にんげんひょうほん

「我有榊老師的書。」

他是說,他有我的父親榊一朗的作品集嗎?

「我覺得蝴蝶很有趣,像是擬態,翅膀的正面和背面,以及雌雄有不同的習性等,看了老師的書之後,再觀察蝴蝶,會覺得蝴蝶像是長了翅膀的小人,好像可以聽到牠們說話。」

沒想到他竟然看過我的著作。我兩天前才剛認識透,但他之前就認識我,看過我寫的書嗎?我頓時覺得這是命運的安排,但立刻冷靜了下來。不,且慢。也許是留美推薦他看我的書。雖然這次他以訪客學生的身分受到邀請,但他們之前應該曾經在其他地方見過面。

不過,透雙眼發亮地和我談論蝴蝶,讓我對他產生了好感,而且,他還說了一句關鍵的話。

「但是我最有興趣的還是紋白蝶的眼睛看到的世界。」

原本我打算改天用繪畫方面的藉口約他見面,沒有想到他竟然對我最擅長的領域有莫大的興趣。

那天,我在白瀨家喝了一杯茶就告辭了,幾天之後,我邀約他一起去觀察蝴蝶,帶他去了山上的房子。

人類標本　　　　　　　　　　　　　　　　　106

和透見面之後的對話，對作品有很大的影響，所以我破例繼續記錄。

當我帶他從山上的房子，走去通往後山的花田時，透看到成群的蝴蝶，發出了歡呼。

「有紋白蝶！這是我最愛的蝴蝶。」

山上的其實是黑紋粉蝶。我並沒有糾正他。

因為我想起了那一天的留美。如果是現在，我知道她為什麼喜歡紋白蝶的理由。

因為我只看到白色的翅膀，她看到了好幾種不同的鮮豔色彩。

留美有四原色的視覺，只不過如果他稍微能夠看到那樣的色彩，代表以他的年紀，頭腦還很靈活，再加上身為藝術家的品味，讓他能夠充分發揮想像力。

我把紫外線眼鏡遞給他。

「你試戴一下，看看雄蝶的翅膀是否真的是紅色。」

但是，他沒有接過眼鏡，對我搖了搖頭說：

「對不起，其實我看不太到紅色。」

這根本不是需要道歉的事。

透看向花田。雖然我根據自己的知識，能夠想像他看到的景象，不過我的腦海

107

にんげんひょうほん

中並沒有浮現這種景象。

「我媽媽也有和留美老師相同的視覺。」

透看著停在黃色花朵上的蝴蝶，唐突地開了口。

「我很喜歡黃色，因為和油菜花的顏色一樣。我媽媽可以看到普通人看不到的黑色和白色，但我想應該不需要向老師解釋吧。我媽媽可以看到四原色的人都有藝術才華，有些人會把和別人不一樣這件事視為缺陷，很擔心萬一自己的孩子也有相同的情況怎麼辦，幸好生了兒子，才稍微鬆了一口氣，隨即發現兒子有和自己不一樣的缺陷。只是，最難以接受的是視覺正常的父親和父親家的親戚，我媽離婚之後，就帶我回到了娘家。」

我不禁義憤填膺，竟然還有人濫用這種價值觀。

「這兩種情況都不是缺陷。而且雖然你剛才提到正常的視覺，但其實沒有人知道，自認為正常的人所看到的顏色，和站在自己身旁，也認為自己視覺正常的人看到的顏色是否相同。」

「不過，我很慶幸去了阿嬤家，阿嬤建議我去畫水墨畫，阿公找他的朋友幫忙，讓我加入了一個原本只收成年人的教室，水墨畫教室的老師介紹我去參加留美老師

人類標本

108

的講座。」

「講座?」

「有四原色視覺的人中,有不少人有和我媽媽相同的煩惱,於是留美老師就為這些人舉辦了講座,我也跟著一起去了,在講座上聽到了驚人的事。」

「什麼事?」

「原來還有其他動物可以看到比人類更多的色彩,紋白蝶和鳳蝶有可以看到紫外線的視錐細胞,可以看到超過四原色的世界。我也是透過留美老師的講座,才知道榊老師。」

果然是留美的關係。

「留美老師問大家,你們認為蝴蝶會為這個問題煩惱嗎?」

我能夠想像留美說完這句話,露出笑容的表情。

「我媽媽參加了講座之後,整個人都有了精神,我們經常在晚上一起去散步。經過夜晚的練習之後,她白天也能夠很有自信地走出去了。我可以看到黃色和藍色,也知道藏青色、群青色和藍色的區別,所以滿月夜晚的油菜花田真的很美,我和媽媽異口同聲說『好漂亮』時,我真的很高興。」

我的腦海中響起了警鐘。因為原本在我眼中像紋白蝶的透漸漸恢復了人的樣子。

雖然觀察很重要,但是不能因為觀察太深入,導致在他身上發現只有人類才有的感情。

正當我打算催促他差不多該回屋裡的時候,他突然說:

「真希望留美老師可以早一點回到日本。」

「為什麼?」

「因為在滿月時看到油菜花田的那天晚上,媽媽吃了很多藥,就再也沒有醒過來。於是我開始覺得,有正常的視覺最幸福,我的情況也是一種缺陷。我因為很痛苦,沒再去水墨畫教室,留美老師就邀請我參加夏令營,她說我一定能夠藉由夏令營,瞭解到我媽媽和我的眼睛都是上天恩賜的禮物,沒想到⋯⋯」

留美沒有留下任何話,就這樣從透的生活中消失了。

透的肩膀微微顫抖,我伸出手,又把手縮了回來。因為我在他的背上看到了白色的翅膀。

我會證明你們母子得到了上天恩賜的禮物。

我把手放在透的肩膀上,就好像收起蝴蝶的翅膀,抓住牠的胴體。我為無法就這樣把手向下移動,捏住他的腹部,讓他陷入昏厥感到極度遺憾。

人類標本

110

作品5 大白斑蝶

蛺蝶科白斑蝶屬

前翅長 70mm

東南亞、日本、南西群島

張開翅膀可達一百三十公釐，是日本最大的蝴蝶。

白色翅膀上有黑色放射狀的翅膀和斑點。

當大白斑蝶緩緩拍動翅膀，彷彿在天空中滑翔般的飛行方式和翅膀的圖案，很像報紙隨風飄揚，因此也有「報紙蝶」的別名。

成年雄蝶的腹部末端有名為「毛筆器」，形狀像刷子般的器官。這是大白斑蝶都有的器官，可以分泌費洛蒙，吸引雌蝶。雄蝶找到雌蝶之後，就會張開毛筆器，在雌蝶周圍飛舞。

【作品的展示形態】

使用長 200 cm× 寬 200 cm× 深 80 cm 的透明壓克力（厚 2 cm）箱。

在十張長 198 cm× 寬 198 cm 的白色道林紙上，用黑色油性筆畫出女人從嘆息的臉漸漸變成笑臉的樣子，女人臉的背景是植物畫（以高山植物為中心，都是山上的房子附近可以看到的植物），隨著女人的臉展露笑容，植物漸漸枯萎。

將十張畫疊在一起，四周用黏膠黏住，放入展示盒，用強力膠固定在展示盒底部。

使用美工刀，從畫的中心沿對角線方向，朝四個角各割出一條八十公分長的裂痕。

讓標本對象服用安眠藥後，用注射器注射 Colforsin Daropate。

用斧頭砍斷雙腿。

留下男性生殖器，用經特殊加工處理的蜜蠟膜覆蓋在切口進行處理。

把用壓克力顏料塗成茶色的昆蟲針刺在男性生殖器上，呈現刷子的感覺。

肢體的正面和背面，都用黑色和白色的壓克力顏料畫以大白斑蝶的圖案。

豎起壓克力展示箱，在上部左右兩端二十公分處鑿四個洞，像縫鈕釦一樣繫上繩子。再用另一條繩子從內側綁在打結處，綁住兩手的手腕固定，讓肢體懸在半空。

人類標本

112

【拍攝方法】

為了呈現南國風情,和在天空中高飛的感覺,把展示箱放在周圍沒有高大樹木的亂石坡,背景盡可能只有天空的顏色,從地面仰望天空的角度拍攝。同時拍下正面作為記錄。

將割出裂痕的道林紙從中央一張一張向外翻開,調整十張紙的翻開方式,讓最下方女人哭泣的臉出現在中央。肢體臉部的雙眼閉起,將舌頭拉出嘴巴,把大白斑蝶的標本放在舌頭上。關閉展示盒,完成。

【製作意圖・觀察日記】

當初對黑岩大並不像對其他少年那樣,懷抱同樣的興趣,是因為我以貌取人嗎?黑岩大的身材又高又大,雖然五官端正,有昭和時代美男子的感覺,但是完全不像藝術家,反而更像是柔道選手,他在學校的社團活動的確參加了柔道社。他就像是混入蝴蝶群中的獨角仙。我想起了小學一年級暑假作業,比我的作品更受到矚目的昆蟲採集標本。他並不是我需要的標本。

送他回家時的印象也不太好。

他下車時只背了一個小背包（也許是因為他虎背熊腰，所以看起來很小），我問他：「你是不是忘了繪畫工具嗎？」他把背包拿了下來，打開看了一下，從背包裡拿出一個小筆盒回答說：「我有帶了。」

難道他打算向留美借用顏料嗎？還是他打算只畫素描的部分？但是，留美舉辦這次夏令營的目的是挑選接班人，所以照理說應該不可能有這種事。我目送著他走進高層公寓的大門，並不認為他家的經濟環境買不起顏料。

雖然留美邀請他參加夏令營，但他可能只是想去玩玩而已。這麼一想，甚至沒有興趣想像他的畫。

話雖如此，至少要找機會觀察他一次。我決定搭電車前往他就讀的中學附近的車站，這班電車可以抵達某家巨大的購物中心，電車內有很多年輕人。

不知道這些年輕人怎麼看我？當我思考這個問題時，立刻搖了搖頭。根本沒有人看我的方向，他們都低頭看著手機，不時抬起頭，和朋友交流在手機上看到的內容。

似乎有某個很受年輕世代喜愛的藝人自殺了，也聽到有人說，那個藝人為在網路上受到誹謗中傷煩惱不已。我對演藝界很不熟，認定是自己不認識的人，但我聽

人類標本

114

過「瑪可倫倫」這個名字。

──老師，聽說瑪可倫倫要推出以蝴蝶為主題的衣服品牌。

雖然研究室的學生曾經告訴我這件事，但我從來沒想過要穿蝴蝶圖案的衣服，繫蝴蝶圖案的領帶就足夠了。

我在目的車站下車，走去剪票口時，和兩個手上拿著像是號外的女高中生擦身而過。她們看起來很興奮，一直說著「超誇張」、「超有感」。

看起來像是上班族的男人也拿著相同的紙。是不是發生了什麼事件？

我快步走出剪票口，也想要去拿號外。當我走出剪票口，看到一個身穿夏天制服的學生──黑岩大單手拿著一疊紙，一張一張發給路人。並不是隨便發給經過的路人，而是想要那張紙的人在他面前排隊向他索取。

我也站在隊伍的最後方，站在我前面一個看起來很有氣質的老婦人回頭看著我。

「你也喜歡BW的畫嗎？」

「畫？」我反問道，老婦人以為我沒聽清楚，又重複了剛才的問話。

「妳是他的畫的粉絲嗎？」

我有點搞不清楚狀況，用新的問題回答了老婦人的問題，但是老婦人笑著向我說明了「BW的畫」。

BW用畫表達時事話題，每週一次，用號外的方式在這裡發放。我猜想可能是諷刺畫之類的東西。

老婦人告訴我，發放的少年並不是BW本人，BW身體虛弱，無法外出，所以由壯碩少年在這裡發放好朋友畫的畫。

「他看起來不像是會畫畫的人，但是感覺很耿直，充滿正義感，我也很喜歡他。」

我和老婦人聊了一會兒，就輪到了我們。老婦人紅著臉接過了畫，微笑著對黑岩大說：「加油。」

黑岩大鞠了一躬，很有精神地道謝。

我也索取了他的畫。他問我，是不是聽至說的，我顧左右而言他，說是剛好來這附近辦事，低頭看著他的畫。我從來沒有和至聊過黑岩大。

那是用黑筆畫的原子筆畫，畫風很細膩。

畫中有許多中性的人物長了蝴蝶翅膀，翅膀上有蝴蝶結和糖果圖案，這些人都卡在蜘蛛網上，露出有哭有笑的表情。蜘蛛網的每個網眼都有一張人臉，有的露出生氣的表情，有的露出嘲笑。拉開距離看他的畫，會發現有手機的框，所以我知道是在畫網路世界所發生的事。

人類標本 116

「這是在畫瑪可倫倫的事。」

黑岩大聽了我的話，露出了興奮的表情。看到眼前的少年因為得到稱讚，發自內心感到高興的笑容，我為自己之前曾經懷疑他感到羞愧。

他的繪畫工具只要有一支筆就足夠了。緻密的線條勾勒出的並非只是諷刺畫而已，而是昇華成為藝術，成為能夠打動人心的作品。光是「生氣的臉」，就沒有一張臉是相同的，眼尾和嘴角的角度、扭曲人在貶低別人時，臉上的表情這麼醜陋嗎？我忍不住摸著自己的臉頰，不知道這個少年怎麼看我的臉。

他是不是看穿了我的企圖？長時間逗留很危險。

但是，黑岩大似乎完全沒有察覺我的擔心，好像在和面試官說話般，開始訴說自己對畫的想法。

「沒想到榊老師能夠理解我的畫，真是太榮幸了。我想要用繪畫的方式做報紙。像是霸凌、捉弄、整人或是調侃的行為，明明可能會害死人，但是光使用文字，無法傳達這些行為的嚴重性。那些誹謗中傷別人的傢伙，會說自己並沒有惡意。因為那些人腦袋不靈光，所以我想他們真的沒有惡意，問題是這句話無法消除行為的嚴重性，我想要畫出讓人一眼就可以看出，即使自己沒有惡意，卻做出了多麼惡劣行

117　　　にんげんひょうほん

「那些腦袋不靈光的人,很快就察覺對自己不利的事,然後就閉上眼睛,摀住耳朵。用時尚的藝術作品吸引他們,再讓他們在作品裡發現自己,藉此提醒他們。這原本是大人該做的事,你的行為很了不起,而且,你並不是在網路上發表作品,而是親手交給讀者。但是,剛才那位老婦人說,你是代替你的好朋友在這裡發送。」

「因為我的外表看起來就是百分之百運動型的人,好像無法和藝術產生連結,於是就有人擅自改成了這樣的人設,然後就傳開了。我並沒有特地更正,因為我希望有一天讓大家大吃一驚,知道這是偏見。」

我只能扭曲著臉笑著,簡直就像突然肚子痛了起來。

「留美老師第一次在這裡拿到畫時問我,可不可以認識畫這些畫的人。後來得知是我畫的,說她很驚訝,還向我道歉,說應該先問我,是不是我畫的。她讓不使用任何色彩畫畫的我,加入了她的教室。」

即使對方是個孩子,留美也能夠當場道歉。我決定仿傚她,並不是為了日後方便約黑岩大出來。

身為一個人,我希望可以做正確的事。不,別再說夢話了,我就是為了日後約他出來才這麼做。

為的畫。」

人類標本　　　　　　　　　　　　　　　　　　　　　　　118

「不瞞你說,其實我也誤會了。對不起。」

「我覺得你剛才和我說話時,就認為是我畫的⋯⋯算了,這不重要。我在這次畫畫時,發現人類和蝴蝶的相容性很高,所以我也想向老師學習更多關於蝴蝶的知識。」

他直視著我,我在他的注視下,漸漸產生了可以再多看幾幅他畫的蝴蝶之後,再把他他做成標本的想法。

他告訴我,BW這個名字,來自黑色和白色的英文第一個字母。如何用黑色和白色這兩種顏色呈現蝴蝶的特性?他畫出的線條,或許會讓我有新的發現。

但是,不到半天,這種想法就消失了。

為了瞭解大家對他的畫的反應(我原本以為會看到滿滿的「我的人生觀發生了改變」之類正面的評價),所以用「BW」搜尋,但並沒有看到太多評價,內容也乏善可陳。

但是,「黑岩大」就⋯⋯對女人始亂終棄。性慾的化身。告訴他月經沒有來,他就打我的肚子,然後問,這樣就搞定了吧?惡魔、畜生、人渣。

也許這些事並非事實,只是那些被黑岩大拋棄的女生虛構的故事,否則不是會變成刑事案件嗎?

119　にんげんひょうほん

即使如此,我仍然覺得他可能是為了掩飾這種本性,才假裝是正義的化身。或是在已經放棄抑制衝動惡意的情況下,為了保持自我平衡所做出的行為。

他利用了畫畫,利用了藝術。

利用了蝴蝶。他筆下的蝴蝶一定很醜陋。

既然這樣,那就讓他變成美麗的標本。

作品6

翠紋鳳蝶[5]／黑鳳蝶

★翠紋鳳蝶

鳳蝶科番鳳蝶屬

前翅長 60～75mm

中南美新熱帶區

翠紋鳳蝶只在中美和南美地區棲息，由於有毒，所以都會擬態成其他鳳蝶或粉蝶。翅膀表面是黑色的，很多種類的雄蝶前翅中央都很鮮豔，後翅有淡紅色的斑紋。雄蝶後翅內側有青鳳蝶等常見的白色發香鱗口袋形器官。很多種類的斑紋和顏色都很相似，尤其雌蝶更難以區別。

5 原文為「マエモンジャコウアゲハ」，學名為 Parides sesostris，目前較常見的中文名稱有翠紋鳳蝶、前紋麝香鳳蝶等。

★黑鳳蝶

鳳蝶科鳳蝶屬

前翅長 45～70 mm

日本本州至南西群島

表面是黑色，背面也幾乎是相同的顏色，但是前翅的色彩比表面更淡，後翅外緣有條狀紅斑。翅形很像紅珠鳳蝶，但可以藉由前翅是否有白斑辨別。

幼蟲吃柑橘類的葉子。

\[作品的展示形態\]

使用長 200 cm× 寬 200 cm× 深 80 cm 的透明壓克力（厚 2 cm）箱。

在長198 cm×寬198 cm×厚5 cm的畫布上，使用壓克力顏料畫出山上的房子通往後山途中的花田（夏季），三原色外加紫外色，畫出蝴蝶眼中色彩最豐富的景象。

把畫放在展示盒內，固定在背面。

讓標本對象服用安眠藥後，用注射器注射 Colforsin Daropate。

用斧頭從右大腿根部砍斷。

人類標本

122

將胴體和右腿切口用經過特殊加工的蜜蠟膜處理。

用壓克力顏料在胴體上畫出黑鳳蝶的特徵，在背面和肩胛骨下方畫出紅斑，切口處塗上黑色。

將胴體放在畫的中央，用銀色的木楔加以固定（為了避免繪畫破損，用透明釣魚線綁在壓克力板上固定）。

右腿放在展示盒底部。

將翠紋鳳蝶標本放在右腿斑紋部。

將黑鳳蝶放在胴體心臟處。

關閉展示盒，完成。

〔拍攝方法〕

將展示盒放在花田中央，從正面拍攝。

〔製作意圖・觀察日記〕

想把像蝴蝶一樣美的少年做成標本。

這樣的連續殺人犯雖然「異常」，但並非「特異」，為了憧憬和對美的追求，

竟然犯下不符合當下時代倫理觀罪行的罪犯並不是絕無僅有。

我相信觀眾中，雖然沒有人說出來，但也有不少人看了我的作品後深受感動，挖掘出連自己也沒有察覺，封印在腦海深處的禁忌快樂種子。我相信這樣的人兩隻手也數不完。

殺人的對象無論是誰都沒有關係。

這是無差別殺人凶手經常說的一句話，但是，遭到殺害的人中，幾乎都沒有對加害人而言重要的人。只要調查之後就會發現，明明是因為親子之間吵架，或是感情糾紛導致無差別殺人，但成為根本原因的父母或是配偶，或是情人都毫髮無傷。

這就是「通常」的情況。

然而，我把心愛的兒子也變成了標本。這個世界上的父母，會不會譴責我是畜生？只要調查這些少年的遺體，就會發現只有榊至比其他五名少年晚一個星期死亡，其實五件作品的數量也剛剛好。

在完成第五件作品時，的確有完成一件大事的成就感，內心湧現的快樂無法在體內停留。只是變成記憶烙在腦海，就像海浪一波又一波湧現，對快樂的飢餓感再度膨脹，幾乎吞噬全身。

於是就發生了可怕的事。以前看起來不像是蝴蝶的人，也漸漸變了樣，散發出

人類標本

誘惑的鱗粉。

我這輩子都在追尋蝴蝶,但無法得到所有的標本。這個世界上有大約兩萬種蝴蝶,是否我也要殺這麼多人,才能擺脫這種慾望?還是在此之前,就會被警方逮捕,在心願未了的情況下,迎接死刑的那天。

即使接受精神鑑定,也不可能減刑。我沒有片刻失去過理智。五個標本完全按照計畫完成,而且我自認完成得很出色。

但是,最後的瞬間留下的後悔,很可能讓我否定整個人生。

既然這樣,那就必須完成一項不可能更好的最出色傑作,自己畫下休止符。

要用誰來製作標本?其實我早就已經知道了。從嬰兒時代開始,雖然我並沒有時時刻刻陪伴在他身邊,但他的成長銘刻在我的腦海中,沒想到從山上的房子回家之後,他在我眼中也變成了蝴蝶。

他比任何蝴蝶還美,即使周圍有數萬種顏色,仍然能夠毅然地維持自我的顏色,是我在製作標本的過程中所發現的至高存在。

黑鳳蝶。

只要我能夠完成這個標本,人生就了無遺憾了,我會坦然地接受與快樂相稱的死亡。

但是，最後一絲猶豫是我僅剩的人性。在我的眼中，少年們的身影都化為了蝴蝶，而我的人類形態也不過是個假象。

我用最後所剩的感情，想像著至在父親的真實身分曝光後的人生。

如同他的畫正確地重現了他眼睛所看到的世界，他就像用心對待每條線一樣，接受所有的一切活在世上，他應該能夠解讀出陌生人眼底深處幽微的感情。

至這麼敏銳細膩，有辦法接受父親的犯罪嗎？能夠承受世間的誹謗中傷嗎？會不會害怕，自己體內可能流著和我相同的血液？

我想像著黑色蝴蝶遍體鱗傷地死去，然後又被髒鞋子踩在腳下的樣子。

我必須在發生這種事之前，親手把他變成標本，維持他美好的樣子。

我要裝飾得細緻精美，描繪出自己夢寐以求的世界。

完成所有的準備工作後，我們在一起生活的家中客廳面對面。

「如果要用某種蝴蝶代表自己，你會選哪一種蝴蝶？」

我問至。

「翠紋鳳蝶吧。」

他的回答和我原本的想像不一樣。

「不是在巴西第一次抓到的紅珠鳳蝶嗎？」

人類標本

126

「能夠代表自己的，和自己喜歡的不一樣。如果要問喜歡的，我目前喜歡黑鳳蝶，不過很遺憾，我身上也有毒。」

「喔，越來越有中二少年的尖銳感，這代表你朝向正確的方向成長。」

「爸爸，你還真敢說，你可別忘了，我第一次誤入歧途是你造成的。」

至看到我露出絞盡腦汁費力思考的表情，噗哧一聲笑了起來。

「就是柳橙汁的事啊。」

原來是那一次。我想起來了。我回想起兩年前的夏天，一起去巴西時發生的事。

為了採集蝴蝶，我們以亞馬遜流域的城鎮作為據點，因為至第一次造訪巴西，所以我們在里約熱內盧住了三天，在那裡觀光。那一天，我們搭纜車去觀景台。雖然巴西的季節和日本相反，但那天很熱。至說他口渴，然後指向路邊攤。那個攤位上放著五彩繽紛的水果，旁邊放了三個不同尺寸的塑膠杯。

我猜想那裡是果汁店，於是讓至自己去買果汁。雖然巴西的治安不好，但那裡是觀光景點，而且距離我所在的位置只有五公尺，只要我一直看著他就好。

「至，你想喝什麼果汁？」

我可以猜到他的回答。

「柳橙汁。」

和我想的一樣。我也有點口渴,但巴西的小杯就相當於日本的大杯,於是我就問他,可以給爸爸喝幾口嗎?他笑著回答,可以啊。

「那你去買最大杯的柳橙汁。」

說完,我拿了一張紙鈔給他,他比在日本時更像小孩子般誇張地抖了一下問:

「我自己去買嗎?你不是說,巴西很危險嗎?而且我也不會說葡萄牙文。」

「這裡是巴西最知名的觀光景點,所以不必擔心,而且也可以說英文,你就當作是學習的機會,去練習一下。」

至不再反駁,下定了決心,走去果汁攤。

他指著我,用結結巴巴的英文單字說著柳橙、爸爸、飲料向店員說明,我覺得他很能幹。

我覺得我們父子的立場很快就會顛倒,以後會是我跟在他身後跟班。雖然在店員搖雪克杯時,我就該察覺了,但是杯緣掛了一片柳橙的塑膠杯內裝得滿滿的液體,看起來就是柳橙汁加了汽水。杯子裡只插了一根吸管。

至左右兩隻手分別拿著找零的錢和杯子遞到我面前,我說他可以先喝,找零的錢也放在自己的錢包裡。

至心滿意足地咬著吸管,握著零錢,一口氣吸了起來。他原本就口渴,再加上

人類標本　　　　　　　　　　　　　　　　　　　　　　128

一個人去買飲料的緊張，導致他口乾舌燥。他咕嚕咕嚕一口氣喝了三分之一，然後微微皺著眉頭說：

「是很好喝，但有點苦。」

我也把臉湊到杯子前吸了一口。不是有點苦而已，而是有很重的酒味。我仔細看向那個攤位，發現水果後方有卡夏薩的瓶子，那是巴西的蒸餾酒，酒精濃度有四十度。原來那是用卡夏薩製作水果雞尾酒卡琵莉亞的攤位。剛才店員應該在問至，是誰要喝的。

「慘了，沒想到我喝了這麼烈的酒，會不會被警察抓？」

「不必擔心，他們沒空取締這種程度的違法行為。」

「那我可以再喝幾口嗎？」

「好啊，你可以再喝五口。」

雖然其實不能讓他喝酒，但我想起了愛喝酒的妻子，以及母親的酒量很好。最重要的是，我沒有自信可以把剩下的量喝完。並不是因為我會喝醉的關係，而是會睡著。如果我是那種喝了酒之後，就可以沉醉在絢麗世界中的體質，或許就不會如此渴望蝴蝶的世界。

至在回國之後，並沒有再喝酒。

「我希望可以在二十歲生日時,和爸爸一起喝柳橙汁口味的卡琵莉亞。」

他的這句話也沒有動搖我製作標本的決心,意味著我內心完全沒有一絲一毫人類的感情了。

但是⋯⋯在山上房子的最後時光,我調製了卡琵莉亞。我還特地去買了雪克杯,為了讓至能夠平靜地停止呼吸,我用力搖著加了酒和安眠藥的雪克杯。

然後,我完成了世界上最美的標本。

〈後記〉

外公經常帶我去博物館。

如果是蝴蝶相關的展覽，我會一遍又一遍反覆閱讀館內的說明書，直到自己能夠理解所有的內容，然後花很長時間，從各個不同的角度打量展示品，彷彿要刻在自己的記憶中。我經常從開始營業的時間，一直逛到營業時間結束，外公總是默默站在我身旁。

雖然外公是國文的學者，但是他從來不會在我參觀時，像那些自認為在用正確的方法教導孩子的老師或是家長那樣，要我說出自己理解的內容，但也不會一臉無趣地催促我趕快往前走。

外公通常都會在我參觀結束，來到最後的禮品店時，才終於開口對我說，如果想要買什麼就不要客氣，儘管說出來。

外公在那裡幫我買了很多外國的蝴蝶標本。即使明知道母親會嘆著氣說，又買這些沒用的東西。

「並不是沒用，我今天記住了三種第一個音是『露』的蝴蝶名字，這下子玩文

字接龍時，我不會輸的機率又增加了，所以我要為此犒賞史朗。」

外公這麼說完，總是放聲大笑，雖然外公已經在三十多年前去世了，但是他當時買給我的蝴蝶標本，翅膀的顏色美麗依舊，就算說是今天買的，也會有人相信，反而是外面的盒子變舊了。

我經常和外公玩文字接龍。我都用鳳蝶或是灰蝶的名字展開攻擊，外公幾乎都會用蝴蝶的名字接下去，讓我感動不已，原來外公也都在博物館記下了蝴蝶的名字。

因此，即使在母親眼中是「看起來一樣的標本」，我仍清楚記得每一個標本是什麼時候、哪次展覽時，外公買給我的。

如果人類標本也可以不褪色，一直放在那裡裝飾，不知道該有多好。當然不可能奢望數十年，至少希望能夠展示一個月，等到留美身體恢復。

但是，人類標本會隨著時間的推移腐爛。還是徹底乾燥處理？不，我想做的並不是木乃伊或是剝製標本。

我想要把人體最美的樣子做成標本。

所以在拍完照之後，我把標本從展示盒中拿出來，讓蝴蝶標本仍然留在身體上作為裝飾，然後埋葬在花田裡。

用於裝飾的畫和十字架，都在山上房子屋後的焚化爐內燒掉了。

人類標本　　　　　　　　　　　　　　　　　132

壓克力展示箱和壓克力十字架都在清洗乾淨後，放回了倉庫。那是留美準備的，有借有還，是期待能夠再見到留美的最後祈願。

我手上只有用底片相機拍的照片。

我並沒有用手機拍攝。

我很希望讓留美看這些在家裡洗出來的照片。

我一度打算在埋葬至之後，自己也在那裡結束生命。但也無法如願。

而且，我還必須寫標本的說明。因為必須讓大家看到標本這件事就失去了意義。

更何況我並沒有資格埋葬在花田，因為我並不是蝴蝶的化身。

少年變成了蝴蝶，成為蝴蝶女王的供品，出發前往蝴蝶王國。

留美就是蝴蝶女王，也許此時此刻，她正接著舉辦繪畫夏令營。

不知道他們在那裡會畫什麼？

至於有了蝴蝶的眼睛之後，會畫什麼樣的畫？

啊啊，明知道無法實現，我也好想變成蝴蝶，加入他們。

但是，如果真的可以，我會變成哪一種蝴蝶？

又由誰來把我做成標本？

133　　にんげんひょうほん

社群媒體內容摘錄

【約翰和藍儂 @john_and_lennon】

（簡介）落榜犬約翰和摃龜連連的神樂坂蓮音的挖掘靈感生活。

為了寫一本警犬的戲分很重的推理小說，我去了離家最近的一家警犬訓練所，得知訓練所會舉辦認養落榜犬的活動。原本以為現在流行飼養寵物，狗這種動物很幸福，無論多笨多醜，只要出現在人類的生活中，就會無條件受到喜歡，沒想到竟然還有狗被貼上「落榜」的標籤，讓連續參加二十九次小說新人獎都摃龜的我感到心有戚戚焉，於是我決定報名參加。

黃金獵犬都很聰明，而且約翰一聽就很像警犬，沒想到牠竟然是落榜犬。其他認養犬的落榜理由，通常是嗅覺或是聽力略差，無法達到警犬的要求，但是對日常生活不會有任何影響，沒想到約翰的落榜理由竟然是能力不足。推薦認養的理由是，熱愛蝴蝶，活潑開朗。這是如果在小學一年級兒子的成績單上，看到老師這麼寫，心情會變得很複雜的典型評語。

光看評語，會覺得約翰是笨狗，但其實牠會握手、坐下和拜託，也不會亂吠亂叫。

人類標本

136

我想牠應該只是不適合當警犬而已。非己所願地在繁殖場出生，莫名其妙地被送去接受職業訓練，然後被貼上落榜者標籤的約翰，和還在老家時的我一樣。雖然父母都是老師，但我連續五年都沒有通過教師考試。搭檔，來我家吧。

（留言）沒有工作的人也可以認養嗎？我覺得這很不負責任。

（回覆）我從來沒有說過自己沒有工作，只是並非靠寫小說生活。說別人不負責任，你的留言才不負責任吧。

我帶約翰第一次露營。我們來到 N 縣蝶原露營場。暑假的最後一天，有幾個大學生的團體住在小木屋區，但帳篷區只有我們，完全是包場狀態。我看也沒必要用牽繩拴住約翰。我和約翰繫上了相同的頭巾，先來搞定接下來三天要住的城堡。

今天的晚餐是事先在家醃好的煙燻雞，彩椒和櫛瓜當配菜。我用炭火豪邁地烤熟之後，配著紅酒享受大餐。我也為約翰烤了沒有加任何調味料的雞肉，比起狗乾糧，真正的肉當然更好吃。如果你也會喝酒的話⋯⋯咦？你在樹林那裡發現了什麼嗎？

可別告訴我有幽靈。原來是蝴蝶啊。喂，約翰，別跑！

約翰跑走了。牠以驚人的速度跑去追蝴蝶，然後就消失在樹林中。不對，晚上飛的是蛾？

我去管理大樓找人協助搜尋，但是工作人員說，晚上去露營場以外的山上很危險，拒絕了我的要求。我也無可奈何，當然只能在原地等待。約翰，你到底去了哪裡？

我很擔心約翰，即使回到帳篷也輾轉難眠。約翰，你該不會在警犬考試時，看到了蝴蝶，結果就跑去追？難怪你會落榜。如果暗中調查毒品交易時，剛好有蝴蝶飛過，所有的努力不就全泡湯了嗎？這可以作為寫作素材嗎？

我整晚都沒睡，還不到五點，天就亮了。我剛才好像聽到山的方向傳來約翰的叫聲，是不是我聽錯了。牠之前受過訓練，照理說不會亂叫。那個聲音是怎麼回事？是狼嚎嗎？約翰，希望你平安回來。

為了讓可能迷路的約翰能夠嗅聞到味道回到我身邊，我生了火，烤了培根，然後在同一張網上烤了兩片吐司，夾著培根一起吃。人間美味！

人類標本　　　　　　　　　　　　　　　　　　　　138

樹林的方向傳來窸窸窣窣的聲音，還有哈哈哈哈的喘息聲。

約翰！你靠自己回來了。太了不起了！你嘴裡好像叼著什麼，是鳥嗎？要我幫你烤來吃嗎？還是帶回來給我的禮物？

約翰得意地放在我腳邊的東西沾滿了泥土，顏色看起來像是人工的東西，但我覺得很像是人的手臂……

（影像）因為內容敏感，如果想看，請點「這裡」。

（留言）約翰該不會去了電影《阿凡達》的世界？

【每朝新聞網路新聞】

［前警犬訓練犬在山上發現人體的一部分］

九月一日凌晨五點左右，一名在N縣的蝶原露營場露營的男子向警方報案，他飼養的狗從山上帶回來像是人體的一部分。N縣警調查後發現，那是人的右手臂，目

前針對包括棄屍的可能性在內，在現場附近展開搜索。最先發現的那隻狗約翰（三歲）曾經在警犬訓練所接受訓練，警方表示，約翰也將協助日後的搜索工作。

[約翰和藍儂 @john_and_lennon]

約翰帶著警察進入了樹林。黎明時分的遠吠，或許是約翰在告訴我，發現了可疑物品。我目送牠離去的英姿，內心超感動⋯⋯

（留言）約翰立了大功，你一定要寫成小說。

（回覆）我在露營場等約翰回來的同時，正在構思。

託約翰的福爆紅了，所以趁機宣傳一下。我在「以小說家為目標」網站上傳了新的作品〈用莫希托乾杯〉（神樂坂蓮音著），是名偵探神樂坂遇見搭檔約翰之前的前傳，歡迎舊雨新知移駕閱讀。

【每朝新聞網路新聞】

─在山上發現六具疑似未成年男性的遺體─

N縣蝶原露營場發現人體的一部分，警方在附近展開搜索後，從離露營場約五百公尺的山上草地中，發現了六具屍體。六個人都疑似未成年男性，身上都未穿衣服，但全身都用像顏料的東西塗上了顏色。有些遺體的頸部和胴體被砍，N縣警搜查一課正在調查六人的身分，死因同時朝向自殺和他殺兩個方向展開詳細調查。

【#約翰的事件】

務必讓約翰成為警犬！

這可不是重點在注注立功這件事上的事件。

顏料之類的事會不會太扯！有獵奇犯罪的味道。

其實那天我和朋友也在那個露營場。去露營場的路上，準備轉入露營場時走錯了

路,把車子開進了沒有鋪柏油的路,看到一棟很漂亮的別墅,我們後來在那裡迴轉。我覺得掩埋屍體的地方並不是從露營場往山裡走的地方,而是那棟房子的後面。

那棟別墅超可疑。

不可能是集體自殺吧?至少最後一個人,是把自己埋進土裡死的吧?

約翰的飼主想成為小說家,該不會是他自導自演?會不會太多次參加新人獎都沒得獎,腦袋壞掉了?

好像是「目標」網站?我去看一下他寫的小說。

雖然我覺得比起那個叫神樂坂的傢伙,有一個姓榊的人最新上傳的作品標題更聳動。

人類標本

142

【每朝新聞網路新聞】

｜自稱是遺棄六名未成年男性遺體的凶手向警方自首｜

九月三日上午七點左右，一名男子來到東京都內 S 警察局，向警方自首是他殺害了在蝶原露營場後方發現遺體的六名未成年男子，並在裝飾之後埋葬。男子自稱叫榊史朗（五十歲），是明慶大學理學院生物系的教授，將記錄了事件概要的報告和附件的照片交給警方之後，就開始保持緘默。警方正在確認相關內容的真實性。

｜其中一名被害人是嫌犯的兒子｜

警方已經查明了在位於 N 縣蝶原露營場附近山上發現的六名少年的身分，因家屬的要求，並未公開其中五名少年的姓名和年齡，但目前發現其中一名被害人榊至（十四歲）是嫌犯榊史朗（五十歲）的兒子，警方正在進一步詳細追查嫌犯和這些少年的關係。

【#人類標本】

我看了《人類標本》。如果真的是手記，作者（應該說是凶手）也未免太猛了，

怎麼可能連兒子都殺掉？

如果現在才要開始看《人類標本》，要先確定自己看了文字內容沒有問題後再去看照片。我先看了照片，現在每晚都會做惡夢，這是我衷心的忠告。

這些被害人的名字是真實姓名嗎？新聞報導都刻意不提名字，這不是沒有意義嗎？而且還公布了這些被害人曾經殺人放火和吸毒的違法行為。

所有被害人的名字應該都是真的。同姓同名的同學從第二學期就沒有再來學校，原本覺得老師的態度很奇怪，沒想到竟然被人變成了蝴蝶，老師當然不可能在班會上告訴大家這種事。

即使變成了標本，也仍然很美。真想親眼看一看。

在壁畫上畫大便的傢伙，應該做夢都沒想到會發生這種事件。公所在這種時候應該趕快去清除。

人類標本　　　　　　　　　　　　144

那個搖滾明星是MAKIYA嗎?所以他有私生子?我不願相信有這種事。但是影片中的那個男生,的確很像MAKIYA。恭喜觀看次數超過一百萬次。

好不容易從母子一起自殺中活了過來。阿彌陀佛。

繪畫報瑪可倫倫那一集(狀態佳)在雅虎拍賣上目前標價十萬圓,離截標日只剩下十天,直購價五十萬圓。

沒有任何一部小說可以和《人類標本》相提並論,普通的致鬱小說根本看不到《人類標本》的車尾燈。我忍著頭痛和想要嘔吐的感覺,一個晚上就看完了。即使會導致精神崩潰,也值得一讀,推薦各位在被刪除之前,一定要去看一下。

《人類標本》一定要看到立下大功的約翰那張得意的表情,讓心情平靜下來才算完整。

「以小說家為目標」網站當機了。跪求《人類標本》書籍化。

平時向來只看書店販賣的紙本書，在孫子的推薦下，在電腦上看了《人類標本》。雖然以前就有這種獵奇的連續殺人事件，但動機都是「貧窮」或是「怨恨」之類的原因，即使難以同情，至少能夠想像「如果自己也有相同處境的話」。但完全無法理解時下「因為我想試試殺人」這種建立在個人欲望和自我表現欲上的動機。

（接續）

這個故事中的動機，是以「為了完成藝術作品」這種普通人難以理解的異常欲望，甚至不惜殺害自己的兒子。即使只是創作，也已經夠可怕了，後來得知是最近在電視上大肆討論的連續殺人事件凶手的手記，差一點昏過去。至今仍然希望那是虛構的小說。

《人類標本》是否會成為令和的《地獄變》6。

別開玩笑了。罪犯自我陶醉地寫下的《人類標本》只是自戀狂的自慰書，和暴露狂大叔露出下體暗爽沒什麼兩樣。要向芥川道歉。

【＃榊史朗 ＃榊教授 ＃蝶博士 ＃蝴蝶博士】

榊教授是我專題研究的指導教授，說他是蝴蝶博士，我覺得更像是「超愛蝴蝶的天然呆大叔」，我還滿喜歡他的。在我們畢業時，我們專題研究小組的每個人都拿到了他送的蝴蝶標本作為畢業紀念，所以他從當時就把學生視為蝴蝶嗎？想起來有點可怕。

（留言）是什麼蝴蝶？
（回覆）我的是白斑琉璃小灰蝶。
（留言）是紫色的可愛蝴蝶吧。幸好你平安無事。
（回覆）在教授覺醒之前，撿回了小命。
（留言）你是鹿兒島人？
（回覆）是啊。

通常看到記者在採訪認識凶手的人時，十之八九的人會驚訝地說：「我完全沒想

6 芥川龍之介的短篇小說作品，描述一名狂熱瘋魔的畫師，不惜用各種極端的方式達成對藝術的追求，最後甚至賠上愛女的性命。

到他會做那種事」，但是看到榊教授可能會做這種事」。只不過在大學的校門口接受採訪時，我還是說了「我無法相信那個親切認真的老師會做這種事」，所以其他事件中接受採訪的人可能也一樣。會做那種事的人，真的可以感覺出來。

我參加專題研究時，榊老師曾經向我們誇耀他的兒子，而且他當時眼睛發亮，和談論蝴蝶時一樣。他還把和兒子在國外的合影放在研究室的辦公桌上。難道他們父子之間發生了什麼事嗎？但是，老師並不是因為憎恨兒子而殺他。

我兒子讀小學一年級時，曾經參加當地公民館主辦的「蝴蝶博士榊史朗的標本教室」，之後，他每次捕捉到蝴蝶，就會捏扁蝴蝶的肚子後帶回家。雖然我覺得超傻眼，但既然是大學教授告訴他這麼做，我也就沒有多說什麼。如今兒子已經是高中生了，有時候會在他長褲口袋裡發現蝴蝶（淚）。得知這起事件後，我很擔心兒子也會變成那樣。

（留言）妳要不要讓妳兒子看《人類標本》？

（回覆）我更擔心反而會激發他奇怪的興趣，心裡毛毛的。

人類標本

148

讀小學三年級的兒子看到電視上出現嫌犯榊的照片,大叫著「是蝴蝶博士!」時,我差點昏倒。據說他以前在公園抓蟲子玩的時候,那個蝴蝶博士曾經教他很多事。

兒子問我,為什麼蝴蝶博士會在電視上?我該怎麼回答他?

(留言)妳可以告訴妳兒子,因為他製作了不可以製作的標本。

(留言)妳就告訴他,那是殺人凶手。以後如果有陌生的叔叔邀他一起去抓蟲子,也不能答應。必須在這種時候進行機會教育。

(回覆)謝謝。我後知後覺地慶幸,還好他沒有傷害我兒子。

「我想製作人類標本。」這句話的鼻祖是榊史朗的父親,也就是畫家榊一朗。如果當時徹底遭到抨擊,史朗或許會心生畏懼,在他年幼時就摘除罪惡的萌芽,但那個年代沒有網路,所以也無可奈何。但是,為了對榊家的血緣斬草除根,從某種意義上來說,他殺了兒子也是正確的判斷。

雖然說這種話可能有點不妥,但是兒子標本背景所使用的畫讓我深受感動。如果榊史朗不當學者,而是走繪畫這條路,會不會成為超越榊一朗和一之瀨留美的畫家?

希望在執行死刑之前,他能夠持續畫畫。如果拿出來賣,我願意買。

榊教授是我目前專題研究的指導老師。暑假之前,他曾經對我說:「暑假之後,可能有機會讓你看很驚人的東西。」想到可能是《人類標本》,我不知道以後還可以相信誰。我當時還回答說:「我很期待。」會不會也有罪責?

(留言)別擔心,你也是被害人。

(留言)如果你當時注視觀察他的表情,也許會發現嫌犯有問題,問他:「驚人的東西是什麼?」打聽出他的計畫,或許可以預防犯罪。我並沒有責怪你的意思喔。

【雅虎留言專家的意見 精神科醫生・前田光生】

隨著網路飛躍性的發展,即使沒有超凡想像力的人,也能夠輕易地在假想空間內,打造只有自己想看的事物存在的世界。一旦打造出這樣的世界,不需要電腦或是VR眼鏡,也可以在腦海中重現這個世界,而且腦內的影像可以簡單而迅速地切換,甚至會覺得電腦或是VR眼鏡之類的工具是累贅。原本需要自己操作的開關也變成自動化,完全沒有意識到切換的問題,會以為想像的世界是現實,現實和想像之間的界線會消失。

【社會學者前田惠麻的 note】

一 「關於《人類標本》事件的考察」

六名十幾歲的少年遭到殺害，身體上被畫了蝴蝶翅膀的圖案，而且慘不忍睹的照片也都暴露在世人面前，成為俗稱的《人類標本》事件。

事件曝光至今已經一個月，電視和報紙每天都過度報導，網路上更是熱烈討論。網路上充斥著難辨真偽的消息和個人的感想，讓筆者感到消化不良，甚至有點倒胃口，連續幾天，都想遠離資訊設備，想出城去呼吸一下新鮮空氣，轉換一下心情，沒想到電車、公車、餐廳和咖啡廳，以及在等電影開場的電影院內，或是比賽結束後的運動酒吧內，都可以聽到人們在談論這起事件。

不分年齡和性別，男女老幼的各種聲音都傳入耳朵。

除了在匿名的場合發表不負責任的意見，和現實生活中的朋友見面時，也想要聊這件事。這起事件到底有什麼要素，能夠如此吸引民眾的興趣？

151

にんげんひょうほん

嫌犯榊可能罹患了解離症，無法分辨蝴蝶的世界和現實的世界。他的周圍沒有人發現這種症狀，很可能成為引發這場獵奇連續殺人悲劇的原因之一。

首先,遺體都用華麗的裝飾加工,而且用照片的方式呈現在公眾面前,增加了異樣性和殘虐性。

在正常情況下,除非成為國民法官,和事件無關的一般民眾並不會看到殺人命案的屍體,只能透過文字掌握的資訊,在腦海中重現。無論凶手用多麼殘虐的方式殺人,都會在腦海中,用自己容許範圍內的殘虐,建構整起案子。即使看到異臭或是大量出血的文字,每個人認為的臭味和流血量不一樣,縱使想像畫面會反胃,也不會真的嘔吐。

因為大腦會很自然地採取防衛機制。

但是,看到照片和影像時的情況就不一樣,大腦還來不及啟動防衛機制,就接收了這些資訊,大腦完全不會進行篩選。大部分人接收了這些超過自己容許範圍的資訊,如果不說出來,就無法處理過度的資訊,於是就需要和別人談論。當大家都在談論,好奇心和協調性等作用就會向還沒有看過這些照片和影片的人擴散,於是影響範圍就會持續擴大。

其次,自稱是凶手的人(之後成為這起事件的嫌犯,被移送了檢方)留下了手記。殺人凶手的手記並不稀奇,基於顧慮被害人家屬的感情,和遏止模仿犯罪的觀點,在出版時引起爭議,引發拒買運動,但是法律並沒有禁止出版。只是這次的情況明

人類標本

152

顯和之前不一樣。

大部分手記都是凶手遭到逮捕，經過審判，確定刑期之後（或是在審判期間）、在獄中（或是出獄之後）所寫，由出版社出版，這次是嫌犯遭到逮捕之前，上傳到任何人都可以免費閱讀的小說網站之後，才去向警方自首。

也就是說，在過去的事件中，無論多麼想要瞭解真相，都必須等待媒體報導；這次姑且不論手記的真偽，我們可以不透過任何媒體，就鉅細靡遺地瞭解事情的詳細經過。完全沒有受到任何限制，也有滿滿的個人資料。

有人會對凶手的異常感到毛骨悚然，也有人揶揄凶手的自我陶醉；有人談論那些俊美的少年，也有人討論藝術論，這起事件有太多可以談論的話題，很難要求別人不討論。

前面所列舉的兩大要素，都是從第三者的角度看待這起事件。即使不看書，只要在網路上瀏覽一下相關消息，表達一下自己的意見就能感到滿足，一個人泡澡的時候，或是在床上睡覺時，也都不會再去想這件事。

不，不對，並非只是表達自己的意見而已，而是想和別人討論，想知道自己信任的人對這起事件的看法。想起這起事件，內心深處就會有一種不舒服的感覺。

我相信令人產生這種感覺的感情要因，是因為其中一名被害人是嫌犯的兒子，也

就是說，這也是一起「父親殺害兒子」的事件。

比起屍體上的裝飾，比起手記，「父親親手殺害自己的兒子」的理由，並不是虐待、放棄育兒、父子感情不睦這種或多或少可以想像的因素，而是「為了藝術」這種在普通人眼中，感到莫名其妙的動機。乍看之下，問題似乎有了答案，但是這種答案讓人感到匪夷所思。遇到這種問題，往往不想和網路上不認識的對象討論，而是想和在其他事情上，能夠共鳴的對象一起思考問題，尋找出隱藏在答案背後真正的問題，發現真正的答案。

我認為這起事件中真正的問題，是「兒女是父母的所有物」這個日本人自古以來的想法。

比方說，你是國民法官（事實上，並不會要求國民法官做出這樣的選擇），必須針對以下的情況做出判斷時，你會如何選擇？

A 殺害了自己的孩子，B 殺害了別人的孩子。

其中一人必須判死刑，另一人必須判無期徒刑。

大部分人會判處 A 無期徒刑，判處 B 死刑。

殺害自己的孩子，和殺害別人的孩子，哪一種情況的罪更重？以此作為判斷基準的人，其實是把孩子當成父母的「所有物」。即使針對別人的孩子也一樣。把「殺害

換成「打破」，想像打破自己或是別人的咖啡杯之類的物品，哪一種情況罪更重，然後把結果套用在殺害孩子的問題上。

同樣地，「孩子」這兩個字換成「配偶」，在當今的日本也完全成立。一旦建立了婚姻關係，無論所有者如何對待配偶都可以，讓配偶免費工作也是理所當然。

親子關係、婚姻關係、家人關係，這種「關係」不是「所有」，也不是「支配」。就算生活在群體之中，每個人都仍是「個體」，必須平等地維護每個人的尊嚴。

發表這種言論，經常有人認為筆者生活在半個世紀前的日本。「支配」的現象或許稍有緩和，但是，「兒女的所有物化」情況似乎比半個世紀前更加嚴重。當然，筆者想要表達的並不是政治聯姻之類為了家族的利益結婚的情況。

比方說，父母要求孩子穿父母根據自己的喜好買的衣服。為孩子決定報考的學校，干涉兒女的工作或是結婚對象。雖然父母說是為兒女的幸福著想，但完全沒有發現這種「幸福」的標準，是用「父母為兒女著想」這種冠冕堂皇的理由，把自己理想中的幸福強加在兒女身上。

當然，如果「兒女的判斷」錯誤，父母身為家長，必須負起責任，引導向正確的方向。但是，完全沒有經過「兒女的判斷」，由父母「為兒女做出判斷」的例子不

關於「生命」的問題,即使兒女自行判斷後,想要結束自己的生命,父母、不、他人、任何人或是社會都不能付諸行動。甚至連當事人都（唯獨）沒有這種權利。

在蝴蝶的世界,允許這種事嗎?

也許有某些種類的蝴蝶,具有殺害自己孩子的習性。對那種蝴蝶來說,「父母殺害孩子」是否遵循某種必然性的行為?那種必然性又是什麼?和人類是否有共通性?蝴蝶博士是否知道某種父母殺害孩子的必然性……

我看了市面上能夠找到的、嫌犯榊所有的著作和論文。

先說結論,並沒有這樣的蝴蝶。如果努力尋找,或許可以找到,至少在嫌犯寫的所有著作中,並沒有出現。應該不是因為沒有成為他研究對象的關係,我在閱讀調查之前就應該想到,如果有這樣的蝴蝶,他會在手記的一開始就以這種蝴蝶為例,描寫自己陷入了變成那種蝴蝶的錯覺,對孩子下手的情節。

嫌犯嚮往蝴蝶的世界,像製作蝴蝶標本一樣,製作人類標本這種可怕的東西,腦海中是否曾經出現「身為蝴蝶的判斷」?

──兒子並不是你的所有物。

人類標本

156

雖然身為博士，仍然沒有聽到蝴蝶的這種呢喃，是因為蝴蝶並沒有這種概念，有人只針對嫌犯的手記作為判斷依據，暗示嫌犯罹患了無法分辨蝴蝶世界和人類世界的精神疾病。即使網路世界允許不負責任的言論，也不該隨便說這種話。這起事件的根本原因，並不是特殊的癖好，而是父子關係中存在的某種齟齬，進而造成了這場悲劇。

（留言）到頭來，又要說是「毒親」的錯。

（留言）夫妻之間，在家裡交換意見就好。難怪被稱為騙子夫妻。

暑假的自由研究

「人類標本」

2年B班13號　榊至

〈前言〉

上天平等地恩賜給每個人一種天賦。

在此先說明，這次的研究是以大人經常對小孩子說的這句話為基礎。

我一直認為自己很擅長美術，尤其很會畫畫。我三歲之前就開始參加美式幼兒教育的課程，在那裡接受了音樂、美術和運動方面的適性測驗，除了瞭解個人資質以外，得到了美術能力遠遠超越其他同年齡孩子的評價。

我能夠將視覺捕捉到的影像，像相片一樣記憶在腦海中，同時能夠正確地畫在紙上。在著色時，雖然會受到顏料的影響，但我能夠重現接近實物的顏色，分毫不差地表現光和影。

因此，大家經常稱讚我的作品「像照片一樣」。起初我聽了很高興，但是隨著年齡的增長，我開始對這件事產生了疑問。

既然這樣，拍照片就好了啊。

在沒有照片的時代，繪畫除了能夠發揮藝術的功能，在紀錄和資料等實用層面，也受到極大的重視。在現代，「像照片一樣的畫」，似乎只用來表示畫家的技能。

人類標本

160

而且，畫一幅畫要花費好幾個小時，甚至數十個小時才能完成，拍照只要幾秒鐘就搞定了，也可以連續拍好幾張照片，從中挑選出最理想的。照片能夠以秒為單位捕捉表情的變化和動作、太陽和星星的移動，以及水流的狀況，把這些照片同時呈現，紀錄就可以變成藝術。

可以把他人得到的天賦以可視的藝術方式呈現，和不具有這種天賦的人分享。

既然這樣，是不是學好拍照技巧更理想？雖然影片也有相同的作用，但是我認為藝術是用有形的方式捕捉輝煌燦爛的瞬間，所以我在上了中學之後，加入了攝影社。

太可惜了。老師和身邊的大人都表示惋惜，但如果拍出好照片，我也可以把照片畫出來，我認為那種短視的想法只是針對中間過程的看法，所以並沒有改變自己的想法。

最重要的是，和我關係最密切的大人——我的爸爸尊重我的決定，轉送給我一台貴重的相機。那是他小時候，別人送他的禮物，所以我決定努力不辜負爸爸的期待。

只不過我還不知道要用那台相機拍什麼。我這時才發現，雖然之前有人誇獎我繪畫的技巧，但是從來沒有人稱讚我構圖出色。

我想要拍什麼？想要用藝術作品的方式呈現什麼？

人類喜怒哀樂的表情、美麗的風景、花、動物、日本的四季、文化、外國的街景、旅行的回憶……

小學六年級時，我畫了和爸爸一起去巴西里約熱內盧時看到的風景，那幅風景畫得到了大獎，但其實我並沒有實際去貧民窟，看到在那裡生活的人。我完全不知道我畫的每一條電線，都是為了從主要電線中偷電。我只是畫下出現在那裡的東西，卻受到了好評，覺得我畫出了貧民窟的現實。

而我也沒有因為這次的經驗，就決定畫一些讓世人更瞭解貧窮現實的作品，我內心並沒有這樣的正義感。

我想要畫一些肉眼看不到的東西，或者說是視而不見的東西。我要用上天恩賜的繪畫天賦，拍下只有我拍得出來的照片，我渴望的東西。

我要用藝術作品的方式，表現每個人得到的天賦。

當我產生這種想法後猛然發現，自己從小就被這樣的作品包圍。

我的爸爸是生物學家，大家都用「蝴蝶博士」這個封號叫他。不只是蝴蝶看起來很美麗，爸爸從小時候就深深愛上了蝴蝶的特性，在成為生物學家之後，飛往世界各地，採集各種蝴蝶，把牠們做成標本。（說得好聽點，就是）用這些標本裝飾

人類標本

162

〈契機〉

整個家裡。

即使在我眼中，覺得完全一樣的標本，對爸爸來說，都是一個又一個故事。雖然爸爸出國採集蝴蝶時，我經常一個人在家，但是聽爸爸說那些蝴蝶的故事，就好像和爸爸一起去旅行，所以不會感到寂寞，而是很期待爸爸帶回來下一個冒險的故事。

我家的標本，就是爸爸天賦的具體呈現。

雖然無法看到正解，但我認為自己得到了很大的啟示。

差不多就在這時，我受邀參加繪畫教室的夏令營。

我並不認識名叫一之瀨留美的畫家。

我記得繪畫教室的老師為我的畫拍照片時，經常會說「要給留美老師看」，我一直以為那個人是幼兒教育的專家，從來不知道她是畫家。

我的祖父是畫家。雖然我知道這件事，但因為從來沒有人對我說「你要成為像爺爺一樣的畫家」，所以我以為爺爺生前應該只是沒沒無聞的畫家，也不禁有點心有不甘。

小學六年級時，爸爸也陪我一起去參加了繪畫比賽的頒獎典禮，雖然爸爸努力掩飾，但是從爸爸的態度，就知道他意興闌珊。我當時猜想爸爸可能不想和那些畫家評審聊到一輩子都沒有出名的父親。

爸爸在頒獎典禮的會場也顯得坐立難安。在頒獎典禮開始之前，評審團主席來到我和爸爸的座位時，爸爸看起來也莫名地緊張。那個被譽為「日本梵谷」的畫家（我也是那天第一次知道）看著我說：「長得很像榊一朗大師。」之前大家都說我長得像媽媽，所以我很驚訝。

爸爸看起來不太高興，但是，那個評審團主席完全不在意爸爸的表情，繼續說了下去。

「無論在我和其他人眼中，你的父親都是我的競爭對手，我們也曾經是好朋友，但是，在發生那場騷動時，我完全沒有幫忙，至今仍然感到很對不起他。我去參加一之瀨佐和子的告別式時，看到了一朗為佐和子畫的肖像畫，不光是我，在場的所有畫家都深受感動，瞭解到他當年所說的『人類標本』原來是這個意思。因為你父

人類標本　　　　　　　　　　　　　　　　　　　　　　164

親驟逝，所以也一直沒有機會澄清誤會。」

爸爸聽了這番話之後，只說了一句「都已經是陳年往事了」，沒有繼續聊祖父的事，但是「人類標本」這幾個字在我腦海中留下了深刻的印象。

過了幾天，我上網搜尋，從為數不多的資料中得知，祖父曾經在重要的典禮上說：「我想製作人類標本。」因為這個原因被趕出了畫壇。

「人類標本」這幾個字太可怕了。我也很想見識一下讓多位知名畫家覺得「原來是這麼一回事」的「佐和子的肖像畫」，但是，我在網路上找到幾幅一之瀨佐和子的作品，並沒有看到佐和子的肖像畫，也沒有查到那幅肖像畫保管在什麼地方。

我無法向爸爸打聽。因為我覺得一旦提起這件事，爸爸就會對我的畫得獎這件事感到遺憾。爸爸對我畫裡約熱內盧感到很高興，我不想破壞充滿美好回憶的地方。

沒想到今年六月，爸爸向我提議一件意想不到的事。

「爸爸的朋友是名叫一之瀨留美的畫家，她打算在暑假時舉辦繪畫教室的夏令營，你要不要去參加？而且舉辦的地點竟然是爸爸以前住的山上房子。」

爸爸說的這番話資訊量太大，我不知道該從哪裡開始整理。

我很驚訝，爸爸竟然認識畫家？而且他們是朋友。我以前從來沒有見過這樣的人。

其次是一之瀨留美這個名字。記憶中的「留美老師」和頒獎典禮時聽到的「一之瀨佐和子」的名字結合在一起,她們是一家人嗎?我內心充滿了期待,也許可以打聽到那幅肖像畫的情況。

還有爸爸以前住的房子。在我上小學之前,曾經問爸爸愛上蝴蝶的理由,爸爸當時告訴我:「爸爸像你這個年紀時,住在山上的家,那裡可以看到很多蝴蝶。」我很嚮往那棟房子,覺得簡直就像是童話世界。我對爸爸說,很想去看看,但爸爸說,房子可能早就拆掉了。

我發現比起讓我參加繪畫教室的夏令營,爸爸單純只是為那棟房子竟然還在感到高興,也很想去看看。

於是,我決定去看看。

當我這麼回答爸爸時,內心完全沒有「萬一我在繪畫方面的實力比不上其他參加的人怎麼辦?」的不安……卻在我上網查了「一之瀨留美」,看了她的作品後,整個人開始發抖。

留美阿姨(因為那時候我還沒有參加夏令營,所以這麼叫她)被稱為是色彩魔術師,在世界各地受到肯定,她的畫運用了我從來沒有見過的顏色。正確地說,她畫中使用的每一種顏色我都知道,但我所熟悉的東西,充滿了和我眼中不一樣

人類標本

166

蘋果是紅色的，可是一顆蘋果上竟有好幾十種紅色。如果要求我「全部用不同的顏色」畫一萬張蘋果的畫，即使不惜冒險捨棄精準性，也想不到那樣的配色。那並不是胡亂進行配色，大膽的色彩運用會令人雀躍，讓人覺得如果世界真的這樣，人生一定會快樂好幾倍。

——四原色的眼睛是上天的恩賜。

她接受美國雜誌的採訪報導中寫了這句話。將肉眼所見到的事物精準地重現，是多麼無趣的事。越看留美阿姨的作品，我內心的挫敗感就更加強烈。原來我向來和繪畫保持些微的距離，用超然的態度看待，只是為了有朝一日，遇見真正的藝術時，避免靈魂被震得支離破碎所築起的防護牆，我雙手緊握著肉眼看不到的牆壁殘骸，感受著雙手的痛楚。

我的繪畫技術既不是才華，也不是上天恩賜的天賦。

同時，我開始在意其他參加者。聽爸爸說，其他人都和我同一個學年，不知道他們都是畫什麼樣的畫？雖然留美阿姨讓我望塵莫及，但是和其他同年紀的學生切磋琢磨，應該可以發掘出自己沒有察覺的個性。

我之所以會有這樣的期待，是因為聽爸爸說，留美阿姨是看了我畫的里約熱內

167

にんげんひょうほん

〈山上的房子〉

那棟房子位在N縣蝶原露營場附近,爸爸開車從家裡出發,差不多兩個小時左右就到了。

除了我以外,還有另外五個人參加夏令營,我們約好去露營場接他們。五個人都長得很好看,還以為他們是參加夏令營的模特兒,感覺像是留美阿姨邀他們五人組成偶像團體。五個人的外表有不同的個性,所以更好奇他們會畫出什麼樣的畫。

但是,一到山上的房子後,就明確知道他們並不是模特兒,因為留美老師(從這裡開始改變稱呼)的女兒杏奈的五官以最完美的比例出現在臉上。每個人在日常生活中,會因為慣用手或是習慣的影響,導致五官產生歪斜,左右失去平衡,我的

盧的畫,才會邀我一起去參加夏令營。雖然我只會畫肉眼看到的東西,但她是不是想帶我進入更高的境界?

這種預想以意想不到的方式落了空,但是,我也因此能夠有所發現。

人類標本　　　　　　　　　　　　　　　　168

肉眼卻完全無法察覺杏奈的臉有任何歪斜。

五名參加者似乎之前就已經認識杏奈，為了避免她覺得初次見面的我一直盯著她看，所以我將視線平均分配到每個人身上，但可能反而因此讓人覺得很奇怪。

正因為這個原因，所以我清楚記得當留美老師宣布震撼的消息時，五個人臉上的表情。老師宣布……

將根據夏令營期間完成的作品，挑選出色彩魔術師一之瀨留美的接班人。

來到山上的房子後，最令我驚訝的並不是杏奈貌若天仙。在網路上看到留美老師的近照時，覺得她是一個開朗活潑，充滿活力的人，全身綻放光芒，絲毫不輸給她的作品，但是直接見到本人時，完全感受不到光芒。

如果用蝴蝶博士爸爸的方式來比喻，留美老師給我的印象，就是從閃閃發亮的幻彩綠色的蛹，變成了普通的紋白蝶。即使我這個國中生第一次見到她，也知道她的健康出了問題，我暗自決定，不談論對任何人外表的印象，包括留美老師。

雖然留美老師的外表讓人感覺弱不禁風，但當她開口說話時，一如她的畫給人的印象，開朗快活、幽默風趣。她調侃爸爸：「平凡的鳳蝶怎麼會生出這麼出色的蝴蝶？」爸爸的回答也很妙，「為什麼認定我是鳳蝶？」我忍不住羨慕，原來他們真的是「朋友」。

同時也很納悶,是什麼讓畫家和學者產生了交集?

先不討論這件事,看起來健康有問題的人提到「接班人」,即使我沒有向留美老師學畫,聽了之後,也受到很大的衝擊。

留美老師並沒有提到「死」這個字,但是她提到打算用剩下的時間,把能夠傳授的技術、想法和「魔術師的眼睛」,都託付給接班人。

可以向留美老師學習色彩的秘密,也許可以得到啟示。我內心充滿了期待,原本覺得自己因為是留美老師朋友的兒子,所以才特別受邀參加這次的夏令營,所以並不打算和其他五個人競爭,卻不由得想要獲得勝利,爭取這個權利。

為此,必須瞭解競爭對手是畫什麼樣的畫。

〈競爭對手〉

我以前總覺得畫家都會隨時帶著素描簿,參加夏令營的所有人都帶了繪畫工具,卻沒有人帶自己畫的作品。不過所有人都用手機拍了過去的作品,讓我有機會見識

看看。

每個人的畫風完全不一樣,所以根本不需要隱藏自己的拿手本領,在夏令營期間打敗其他人。看了其他人的作品,我覺得「太了不起了」而感動不已,每個人都有他人無法輕易模仿的繪畫世界。

那是我望塵莫及的世界。

以下是我根據每個人的自我介紹和繪畫特徵用條列的方式簡單記錄。

★深澤蒼

身高:178 cm　體重:62 kg　雙子座　AB型

喜歡的食物:披薩

就讀一所超高水準的升學學校,但學校或是補習班似乎並不是他喜歡的世界。

理由是因為那些地方都不美。

人如其名,他喜歡藍色。

我問他為什麼喜歡藍色,他回答說,因為只有美麗的事物才有這種顏色。

「藍色的天空,藍色的大海,但是大海和天空髒的時候就不是藍色。」

不知道他怎麼看藍色塑膠布和打掃時用的藍色塑膠桶,但我如果這麼問,他會生氣,所以就把話吞了回去。

「你喜歡哪一種藍色?」

他問我這個問題時,我不假思索地回答「閃蝶」時,他搭著我的肩膀說:「真是英雄所見略同。」他那雙清澈的細長眼睛近距離逼近眼前,我忍不住緊張起來。

他可能認為這個世界上不可能有人對他的搭肩行為感到不舒服。

他在做任何舉動時,都不會有片刻的停頓,或是根據不同的對象,做出不同反應之類的猶豫和遲疑。

他知道自己是美少年,所以當別人稱讚他的外表,他也不會謙虛。

他對我家的車子是和閃蝶相同的顏色很有興趣。

他的畫以水彩畫為主,藍色的運用令人印象深刻,也成為他的畫作的最大特徵。

雖然無法和留美老師的紅色相提並論,但能夠對幾種藍色運用自如,華麗地駕馭。

他的畫會令人聯想到夏卡爾的畫。

他很擅長呈現陰影,從不同的角度看他的畫,整體印象會發生改變,也運用了錯視畫的技巧。

雖然素描的重心有點不太穩定,不過這種不穩定為畫作整體增添了幻想的效果。

人類標本　　　　　　　　　　　　　　　172

（也許他是刻意這麼做）。

他畫的閃蝶尤其出色。

這是尖翅藍閃蝶。當我這麼說時，他一臉目瞪口呆，然後笑著說，他不知道閃蝶還有不同的種類，我聽了很驚訝。

他似乎沒有看過活著的閃蝶，而是根據網路上的照片，發揮想像力，把自己能夠調出的漂亮藍色全都畫了上去。

他說很想要閃蝶的標本，但並不是為了畫畫，而是想要把閃蝶的翅膀貼在玻璃珠內，做成一枚模擬蝴蝶的戒指。

他用藍色的色鉛筆，三兩下就在畫紙上完成了設計圖，那隻蝴蝶很美，充滿了躍動感，好像隨時會從指尖起飛，卻又可以清楚看到封印在玻璃珠內。

更令人驚訝的是，玻璃珠內的閃蝶翅膀上，可以看到很像杏奈側臉的影子，不難感受到他對杏奈的愛慕。我以為他自信過人，但因為在他人生中，很習慣別人主動接近他，所以反而不知道該如何與不主動接近自己的人打交道。

據我的觀察，杏奈身上並沒有「藍色」的感覺。如果他充分思考如何讓杏奈融入自己的領域，最後想到的是把她和蝴蝶一起封印在玻璃中，不難推測他已經想好了夏令營期間作品的構圖。

173　　　　にんげんひょうほん

★石岡翔

身高：165 cm　體重：58 kg　天秤座　B型

喜歡的食物：炒麵

他有一頭接近橘色的金髮，乍看之下，很像是不良少年主題漫畫中的角色，但他完全沒有可怕的感覺，個性爽朗友好。在我自我介紹後，他就親切地直接叫我的名字，向來怕生的我很感激他。

他雖然說話很大聲，笑起來也很豪邁，但他虛張聲勢地說了好幾次「我和你們這些有錢人家的小孩不一樣」，反而覺得是他在為自己沒有獲選成為接班人時找藉口，可見他是個怯懦的人。

我一開始覺得他也許對於自己除了學校上課以外，從來沒有學過畫畫這件事感到自卑，但很快對自己在內心進行這種無聊的分析感到後悔。

他的作品很豪邁。

他的作品也就是所謂的壁畫，他在住家附近的高架橋下隧道、河岸旁的橋墩、廢棄工廠的倉庫等水泥牆等總共五個地方畫壁畫，市公所的人每次看到就會清除，然後他又去畫，簡直就像在玩打地鼠遊戲。

人類標本

用一句話形容他的畫風，就是富有獨創性。在正確地素描描繪之後，出現了讓人以為水泥牆融化般的扭曲和變形感。那是在扎實基礎上才能變化出的自由線條。

他的色彩運用很獨特。他在著色時，完全無視蘋果是紅色，香蕉是黃色之類的刻板印象，巧妙地使用了黃色、橘色、紫色、藍綠之類鮮豔刺眼的顏色。雖然都是自我主張強烈的顏色，但作品整體的感覺很協調。我後知後覺地想到，因為我知道有這種色彩的蝴蝶。

是休伊遜彩裳蛺蝶的色彩吧。我對他這麼說。那是什麼？他問我，似乎不知道那是蝴蝶的種類。他喜歡恐龍和翼龍，他還說因為那是沒有人知道真實樣子的動物，所以即使自由發揮，也不會有人生氣。

但是，他似乎對休伊遜彩裳蛺蝶產生了興趣。當我告訴他，休伊遜彩裳蛺蝶在幼蟲時，都吃作為毒品原料的古柯樹樹葉長大，身體有毒，所以用繽紛的色彩昭告鳥類。他聽了我的說明，笑了笑說，的確很像他。

你怎麼想到用這種方式呈現？我拋開自尊心問他。他說是惡魔的饋贈。所以是才華嗎？他說他並沒有從理性的角度思考要畫什麼、怎麼畫，而是自然而然地浮現在腦海。

175　　　　　　　　　　　　にんげんひょうほん

他繪畫的油漆都來自在汽車修理廠上班的「學長」。通常比較容易拿到罕見的顏色開封之後剩下的份。

他對我家那輛車子的油漆也很有興趣。

他打算在夏令營期間，把留美老師要求的畫，也畫在壓克力板上，他說留美老師會為他準備。留美老師看了他的壁畫後，邀請他加入繪畫教室，而且還向他提供了免學費、讓他單獨使用教室的優厚待遇。

五個人中，他的畫風最適合成為「接班人」，但是我反而好奇，留美老師同時邀請在色彩運用方面並沒有令人深刻印象的學生參加這次的夏令營，是否有什麼重大的意義。

★赤羽輝
身高：175 cm　體重：60 kg　射手座　A型
喜歡的食物：巧克力

一方面是因為長劉海遮住了半張臉的關係，所以他感覺很低調，也沉默寡言。在聽留美老師說話時，他也總是退後一步。

人類標本　　　　　　　　　　　　　　　176

但是，當我在離五個人有一小段距離的後方看著他們時，突然有了驚人的發現。

因為他的站姿最好看。並不是他刻意保持立正的姿勢，而是很自然地抬頭挺胸。也許是因為肌肉勻稱的關係，他的背影散發出非凡的氣質，目光會忍不住被他吸引。

從正面看時，長相最英俊的深澤蒼姿勢很不端正。

正面和背面。閃蝶被稱為全世界最美的蝴蝶，但翅膀背面看起來很像蛾。我想起了和閃蝶的情況剛好相反的紅肩粉蝶。

紅肩粉蝶的表面雖然只有白色和黑色，看起來很不起眼，但翅膀背面內緣有紅色斑紋，色彩很花俏。

正面和背面到底是什麼？日文中常說的「正面的臉」和「背地裡的臉」，就是指在他人面前所表現的表面形象，和不為人知的真實樣子，用表裡分別代表肉眼可見和肉眼無法看到的部分，但背面並不是無法看到。

只有自己無法直接看到背面，但是別人看得一清二楚。

赤羽輝是否察覺到自己背面的魅力呢？如果他的後腦勺長眼睛，會不會更加充滿自信地行動呢？

但是，大部分人只在意自己正面的樣子，只是因為在照鏡子時，能夠清楚看到自己的正面。透過別人的視角，想像自己在別人眼中的樣子，然後調整為自己想要

呈現的形象。如果後腦勺長眼睛，或許就不會認為背面是反面。自己肉眼可以看到的是正面，無法看到的就是背面。我原本想拍下他的背影當面稱讚他，但可能會導致他心生警戒，故意彎腰駝背，於是打消了這個念頭。

他的作品是紅玫瑰插在白色花瓶中的油畫靜物畫，一看就知道是繪畫教室的練習畫。他畫中的紅色很吸睛。並不是像留美老師那樣，使用了豐富的紅色，而是只有一種紅色。他的紅色是血的紅色。

我一時陷入了錯覺，以為他是用鮮血作畫，但很快就知道並非如此。雖說是血的紅色，但並不是乾掉的血，而是剛衝破皮膚流出來的鮮血。顏料已經乾了，但仍然覺得輕輕用手指摸一下，指尖就會沾到濃稠的鮮血。即使不像留美老師的紅色那麼豐富，也沒有因此所產生的躍動感和光芒，卻是可以感受到生命力的紅色。

他的素描不差，赤羽輝應該是憑這種紅色，成為接班人的候選人之一。

我想了一下，赤羽輝是否能夠畫出這種顏色。我當然有辦法重現，只是如果我看到玫瑰，就算玫瑰就是這種顏色，我恐怕也無法畫出讓人想到血液的紅色。

赤羽輝可能看到了玫瑰背後的某些東西。

人類標本　　　　　　　　　　　　　　　178

★白瀨透

身高∷157cm　體重∷50kg　雙魚座　O型

喜歡的食物∷奶油燉菜（阿嬤用白味噌做的）

他是五個人中最有療癒感的人。並不是像赤羽輝那樣很沒有存在感，而是沉默寡言，個性很溫和的類型。別人說話時，他不會出聲附和，只是笑著傾聽。

當他從杏奈手上接過檸檬水時，因為手指稍微碰到了，他立刻滿臉通紅，顯然對杏奈很有好感。

至於他的畫風，他都畫水墨畫。

我很驚訝用極簡色調作畫的學生，也會來參加這次色彩魔術師挑選接班人的夏令營。他平時都在水墨畫教室學畫，在那個教室的老師介紹下，認識了留美老師，以訪客學生的身分受邀參加這次的夏令營。他的情況和我相似，所以對他產生了親近感。

他給我看了紋白蝶飛過油菜花田的畫。紋白蝶樸素的感覺和他的外表給人的感覺不謀而合。

於是，我想起了紋白蝶的眼睛所看到的世界。除了大部分人的視覺都是三原色以

外,紋白蝶可以看到紫外色。留美老師的採訪報導中提到的四原色,是三原色中的紅色更加細分化,留美老師和紋白蝶的眼睛看到的世界不一樣,但有很多相似之處。

白瀨透有和紋白蝶一樣的眼睛,所以留美老師邀請他來參加夏令營。我看到他的畫只有黑白兩色,但也許使用了會對紫外線特定頻率產生反應的特別顏料,蝴蝶看到的不是極簡色調,而是色彩繽紛的畫。我不由得產生了這樣的想法。

視覺問題很敏感,這個世界上不可能有人能夠看到紫外色,我覺得他一定會笑著聽我說這種異想天開的想法,於是就說了出來,沒想到他的回答出乎我的意料。

我似乎必須為輕率的發言向他道歉。

白瀨透的母親可以識別四原色,他則是生活在二原色的世界。他不太能夠識別紅色。

我不是似乎應該道歉,而是實際低頭向他道了歉。他笑著對我說:

「顏色有這麼重要嗎?我覺得很多東西去除了顏色,反而更能夠看到真正的形體。」

透從手邊的背包中拿出了自來水筆和白紙,畫了兩串葡萄。雖然我並沒有很愛葡萄,但可以看出是巨峰和麝香葡萄。

「漫畫也只有封面是彩色的,但不是很令人感動嗎?我外公說,每個人所看到

人類標本

180

的世界不一樣，這個世界上根本沒有所謂普通的眼睛。」

我覺得腳下的世界在搖晃。我能夠正確重現自己雙眼所看到的事物，但是這個世界上並沒有「正確」，那只是我的眼睛所看到的，別人看到的未必和我一樣。而且每個人的視力也不一樣，這個世界上或許根本就沒有「一樣」這件事。

即使如此，我仍然覺得深澤蒼筆下的藍色很美，石岡翔描繪的世界繽紛得有點刺眼。赤羽輝的紅色讓我聯想到血液，感受到生命。

能夠讓別人有所感的力量。我的畫中有這種東西嗎？

看著白瀨透的紋白蝶，似乎可以感受到蝴蝶的呼吸。雖然我從來沒有聽過蝴蝶的呼吸，但似乎聽到油菜田傳來了「過來這裡」的聲音。

★黑岩大

身高：180 cm　體重：80 kg　金牛座　O型

喜歡的食物：拉麵、炒飯、咖哩飯

如果用運動型和書生型來分類，黑岩大的體型毫無疑問地屬於運動型。他在學校參加了柔道社，但是我想到更適合他的社團。

181　にんげんひょうほん

那就是啦啦隊。在我閃過這個想法時,黑岩大說他曾經在運動會上當過啦啦隊,在出示他的作品照片之前,就先給我看了他穿著學生制服,綁著和服束袖帶的照片。

雖然我對他的作品照片的第一印象,覺得他很像獨角仙,不過他當啦啦隊照片中長長的白色束袖帶在背後飄起的樣子,很像蝴蝶的翅膀,所以我覺得他是大白斑蝶。

別名叫報紙蝶。

這種突發奇想和他的作品不謀而合。我忍不住覺得自己的額頭上有第三隻眼睛。

暑假結束後,他打算競選學生會會長。

他的畫風和白瀨透一樣,都是極簡色彩。不,只有黑色和白色,並不存在灰色或是漸層。他在白紙上用原子筆的黑線作畫,我第一次知道有這種名為原子筆畫的作品。

他給我看的不是照片,而是實際的畫。但並不是原畫,而是 A3 紙上的影本,他折成四折,放在 L 形透明文件夾中。

感覺像是沒有文字的報紙。

他用這麼細的線條,精密地畫出了山野的昆蟲和壓花的標本。我這麼想著,仔細打量著他的畫,發現標本並不是放在盒子裡,而是放在太陽能板上。

「我很好奇山上的別墅是什麼樣的地方,我搜尋了周圍的照片,發現有好幾個

人類標本

182

地方都有一大片太陽能板，所以感到很失望。雖然我不是實際生活在這片土地上的人，不該不負責任地說什麼要保護大自然，不要破壞森林之類的話，但還是會在意原本生活在這裡的昆蟲或是鮮花會受到什麼影響。」

他無法不把這種想法畫下來。

來這裡的路上，我也看到太陽能板好幾次。太陽能板映入了我的眼簾，卻是在看了黑岩大的畫之後，我才有意識地想起這件事。我看到了黑岩大的畫想要傳達的訊息，才想到生活在這裡的動物和植物，所以就算我當時就發現了太陽能板，應該也不會思考這些問題。

如果有人把我帶到突然設置在山上的太陽能板前，要求我畫一幅畫，我應該只會把我所看到的畫出來。

是沒有故事的畫。

先岔題一下，我無法弄彎湯匙。一年級的自然課，當時在學元素符號。班導師用原子筆畫的蝴蝶翅膀上有好幾層重疊的線條。

突然從上衣口袋裡拿出了湯匙，左手握著湯匙柄，右手開始在匙柄和前端匙勺部分之間拚命搓了起來。

——如果你們認為這是金屬塊，就不可能把湯匙弄彎。要認為是細小分子聚集

にんげんひょうほん

在一起，只是粒子聚集在一起。吼咿！

老師前一刻搓揉的部分軟趴趴地彎成了螺旋狀，那不是用力就可以彎出來的形狀。

我之所以會想起這件事，是因為黑岩大畫的動物和植物，有一種細胞聚集在一起所形成的感覺。

那是經過時間的累積，逐漸成長起來的，人類因為自私而破壞了這一切。

不需要文字，也不需要顏色，更不會強迫別人接受某些觀點。

而是看著畫，自己有所察覺。

畫的可能性。

或許並不是留美老師的接班人＝色彩魔術師的接班人。

〈構想的過程〉

以上是我遇見和我同年紀、而且充滿個性的繪畫同好後的一些想法，除此以外，

山上的房子讓我有了更多領悟。

首先是一之瀨佐和子奶奶的肖像畫。我原本打算在夏令營期間，找機會向留美老師打聽，但完全沒有這個必要。因為已經掛在客廳了。一踏入房內，就看到了那幅畫，即使不需要說明，我也知道就是這幅畫。

我祖父畫的肖像畫。即使他被趕出了畫壇，家裡也可以放一幅他的作品作為裝飾，但是我從來沒有看過祖父的畫。

那是一位女性的肖像畫，畫中的女人長得很像留美老師，正確地說，是很像健康狀態的留美老師，外型亮麗，整個人散發出光芒。

夏令營的第二天，送爸爸離開後，我站在那幅畫前，留美老師走到我身旁對我說：

「這是我的媽媽。當年我們全家來這裡拿這幅畫時，雖然我年紀還小，但是對你的爺爺榊大師說了很失禮的話。我說這幅畫一點都不漂亮，現在的媽媽比這幅畫漂亮好幾倍。」

我想像著此刻站在畫前的留美老師，就是那一天的佐和子奶奶。

認識佐和子奶奶的人看著這幅畫，回想起她最光輝燦爛時的身影，紛紛表示讚賞，懷念已經失去色彩的佐和子奶奶，以前曾經擁有如此絢麗的色彩。

185　にんげんひょうほん

「留美老師,我覺得妳生氣是很理所當然的。因為在妳的眼中,妳身旁的母親完全沒有失去色彩。」

留美老師瞪大了眼睛,轉頭看著我說:

「原來你知道我眼睛的事。」

「我知道四原色的事,但我說的並不是這個意思。雖然妳的母親看起來很虛弱,但是她內心有著和以前相同,甚至超越以前的熱情,妳可以感受到這種熱情,所以對周圍的人不瞭解這件事感到生氣。」

留美老師也張大了嘴。

「原來即使沒有特別的眼睛,也可以感受到。」

我無法完全理解留美老師說的話。我發現自己的解釋並不正確,感到無地自容,很想拔腿逃走。但是,聽到留美老師接下來的這個問題,我轉頭直視那幅畫。

「我問你,你覺得榊大師畫的是我媽媽什麼時候的樣子?」

我認為應該是佐和子奶奶健康時的身影,但是在說出口之前,猛然發現了。我的答案和留美老師的相同。

「雖然外表是以前他們相處時的健康身影,但是榊大師並不認為那是我媽媽以前的樣子,也許在他的眼中,我媽媽那一天也和畫中的樣子一樣,所以我媽媽才會

人類標本

186

露出那麼美的笑容對他說謝謝。」

不知道當時有哪些人，帶著什麼樣的心情看這幅畫，又說了些什麼。我的資訊量太少，無法完全瞭解留美老師的想法，但是我覺得在聽留美老師說話時，腦海中有一道門悄悄打開了。

那是一道發現之門，讓我瞭解到也許這就是人類標本。

另一幅畫，或者說那是標本，用力打開了那道門。

留美老師說，還要給我看另一樣東西，然後帶我來到客廳深處，然後把原本放在壁爐上的盒子拿到了桌子上。

「原本擔心會對你在夏令營期間的畫產生影響，打算在完成之後，再把這幅畫掛起來。但是我發現你來這裡之後，可能不斷吸收了新的事物，臉上的表情越來越出色了，所以剛才突然想到，也許給你看一下這個比較好。」

我以為留美老師的雙眼一直盯著佐和子奶奶的肖像畫，沒想到她在觀察我。我們見面還不到二十四小時，她竟然就能夠發現我表情的變化，職業畫家果然厲害。

雖然我自己也一直在觀察其他五個人，但是想到別人也在觀察我，就突然感到害羞，臉頰也開始發燙。留美老師看著我，面帶微笑地慢慢打開了盒蓋。

我一看到裝飾漂亮的木製畫框內的世界，忍不住倒吸了一口氣。那是我從來不

曾看過的景象。

在水彩顏料畫的看起來像是山上房子周圍的花田和附近的山景上，放了黃鳳蝶和青鳳蝶等真正的蝴蝶標本。

風景畫本身並沒有很出色，看起來像是小學低年級的學生用心畫出來的，但是普通的小孩應該想不出那樣的色彩搭配。

天空帶著一抹紫色，山上是一片黃綠色的漸層。前方的花田中，畫了很多外形像蒲公英的花，粉紅色的漸層越靠近中心，顏色越深。白花三葉草是更深的紅色⋯⋯

原來如此。我恍然大悟。這一定是留美老師小時候畫的。也許當年來這裡拿佐和子奶奶的肖像畫時，曾經住了幾天，我的爸爸負責標本，他們一起合作完成了這幅作品。

「老師，這是妳畫的吧？」

我自信滿滿地說，留美老師面帶微笑，對我搖了搖頭。

「這是你爸爸的作品，他在小學一年級暑假做的蝴蝶標本。背景是他看了書，用蝴蝶看到的世界著色。」

這幅畫是爸爸畫的？我驚訝得說不出話。我曾經看過爸爸寫的幾本關於蝴蝶的

人類標本　　　　　　　　　　　　　　　　　　　188

書，是給大人看的內容，有一大半都看不懂，但是提到蝴蝶的眼睛所看到的世界時，因為附了幾張照片，所以我能夠理解大致的內容。

原來蝴蝶眼中的黃色蒲公英是這樣的，原來紋白雄蝶與雌蝶的翅膀可以看到這樣的顏色。雖然我看著照片，覺得很有趣，卻完全沒有想像過蝴蝶眼中，其他東西是什麼樣子，自己眼中的景色，在蝴蝶眼中又是什麼樣子？

可是，爸爸和我不一樣。既然蝴蝶眼中的黃色蒲公英是這樣，白色的白花三葉草應該就是這樣？綠色的草、遠處的山和天空⋯⋯雖然這些問題無法和任何人對答案，但爸爸用自己的方法找出了答案，完成了一幅風景畫，而且，那幅畫並不是主角，而是用來襯托標本。

爸爸思考了最適合襯托蝴蝶標本的背景，然後畫出了蝴蝶的眼睛看到的世界。

這應該成為了一道門，引導爸爸成為蝴蝶博士。

「當我發現自己的眼睛可以看到比其他人更多顏色時無法接受，也無法忍受。」

留美老師湊到畫前仔細端詳，對我訴說著。

「其實我媽媽看到的顏色也比普通人多，只是我比她更多。雖然不知道和疾病之間的因果關係，但她在病情逐漸嚴重之後，四原色的特質就變得更強了。媽媽對我說，原本以為是上天帶走她的生命，作為交換讓她看到美妙的景色，不過我天生

189

にんげんひょうほん

就具備了這種天賦。我想我媽媽想用這番話讓我振作，但是當時的我很彆扭，覺得媽媽好像在責備我，認為我得天獨厚。差不多就在那個時候，我看到了這幅畫。

我想像著留美老師眼中看到的這幅畫。我和留美老師看到這個房間內所有的顏色都不一樣，但是在這幅畫中看到的顏色應該幾乎相同。而且，年幼的留美老師可能也察覺到了吧。周圍有人會說「這幅畫的顏色很奇怪」，也許她因此更加確信了。

「我具有和蝴蝶相同的眼睛，而且有人很嚮往這件事。即使無法實際用蝴蝶的眼睛看世界，仍然用繪畫的方式，想要去那個世界看看。既然這樣，我可以告訴他，我可以告訴史朗，告訴世界上所有的人。我之所以立志成為畫家，並不是因為我媽媽是畫家，而是看到了這幅畫。」

推動他人在人生路上向前邁進的作品。

「爸爸對這件事，有沒有說什麼？」

我想像中的爸爸低下頭感到害羞，沒想到聽到了意外的回答。

「我並沒有告訴史朗，這種事，不是應該在我死後，他從別人的口中得知，然後感動落淚嗎？」

留美老師把這件重要的事託付給我。

祖父和佐和子奶奶。爸爸和留美老師。我和杏奈的人生，也會有很深的交集嗎？

我忍不住思考這個問題。

好好畫畫才是當務之急。我也漸漸瞭解到自己之前的畫中缺少了什麼。

那就是擁有第三隻眼。

來到山上的房子後，我出現了第三隻眼，而且我也發現第三隻眼越來越清明。

我要用很自然地把五名競爭對手比喻成蝴蝶的這雙眼睛面對杏奈。

如果能夠成功，下次我要畫五個競爭對手。

在這個階段，我只是打算畫名為「人類標本」的畫。

〈禁忌之門〉

夏令營的第二天下午，每個人拿到一張三十號的畫布（石岡翔也拿到了），所有人終於開始著手畫畫，原本期待留美老師能夠為我們上課，結果發生了意想不到的事。

留美老師向美術社特別訂購了商品，但送貨的貨車太大，卡在林道的中途無法

繼續前進。貨運公司的人跑來山上的房子通知，因為包括司機在內，他們只有兩個人手，於是我們全員出動，一起去搬貨。

因為單程只有三百公尺的距離，所以大家都沒有怨言，沿著林道下了山。令人驚訝的是留美老師訂購的商品，竟然是巨大的透明壓克力箱子。壓克力箱子長兩百公分，寬兩百公分，深八十公分，壓克力板的厚度是兩公分，總共有六個壓克力箱。

深澤蒼問留美老師，這些壓克力箱要派什麼用場。

「我想把你們的作品都放在這個箱子內，展示在花田和樹林中，打造出戶外美術館的感覺，在露營場露營的人不是也可以來參觀嗎？我也已經想好了要怎麼展示每個人的畫，但是在完成之前要保密。」

留美老師把食指放在蒼白的嘴唇上，擠眉弄眼地對我們說。

在戶外展示畫作是一個有趣的點子，但是想到其中也包括了自己的作品，就覺得對我來說，難度有點太高了，而且還必須考慮光線的問題，還有天氣的因素。不過，我已經決定要用蝴蝶的眼睛作畫，所以認為這種展示方式對我的作品更有利。

壓克力箱並沒有很重，我們戴上了貨運公司的人給我們的防滑手套，每個人都搬起一個壓克力箱。

人類標本

192

這時，留美老師蹲了下來，於是貨運公司的兩個人用原本裝了幾根木條的紙板箱，做成了臨時擔架，把老師抬回山上的房子。太好了。終於鬆了一口氣。

杏奈也陪著留美老師，剩下的六個人分別抱起了壓克力箱，每走五十公尺，就停下來休息一會兒，慢慢走回山上的房子。

「上坡果然比較累。」

連黑岩大也這麼說，其他人當然不可能覺得輕鬆。

不知道在第幾次休息的時候，可能因為大家都沒有說話，石岡翔想要搞笑。

「比起用來展示我們的畫，每個人用充滿藝術的方式，把自己裝進箱子裡，不是更能夠成為有趣的作品嗎？」

石岡翔說完，就撕下了原本貼在盒子上的膠帶，自己走進了豎起的壓克力箱，然後叫了一聲：「無齒翼龍」，做出了翼龍的姿勢。

我立刻感受到好像被人當頭一棒的衝擊，電流般的顫抖向全身擴散。

因為我覺得石岡翔在壓克力箱內，看起來宛如休伊遜彩裳峽蝶。我之前只能看到實際存在、肉眼能夠看到的東西，如今，第三隻眼睛感受到的景象浮現在眼前。

那不就是如假包換的「人類標本」嗎？而且，標本對象的天賦也一目了然。這

個世界上,不可能有更精湛的藝術作品……

聽到一陣笑聲,我回過了神,看向其他人。雖然其他人並沒有跟著石岡翔一起走進壓克力箱內,但是我在每一個壓克力箱中,都看到了一個人。

深澤蒼是尖翅藍閃蝶,在壓克力箱中央優雅地張開翅膀。

一隻尖翅藍閃蝶停在他的左手無名指上,看起來就像是戒指。我聚精會神地定睛細看,發現蒼的下半身不見了。我想起爸爸曾經告訴我,將胴體油分較多的蝴蝶製成標本時,要先切除胴體的下半部分。

原本以為已經忘記的知識,其實只是沉睡在腦海中,在第三隻眼睛開啟之後,大腦整體為了因應全新的世界,開始全速運轉。

赤羽輝是紅肩粉蝶。

雖然他的臉朝向前方,胴體卻是背面朝向前方,兩側肩胛骨到臀部的鮮血色玫瑰連成一線,再用富有光澤的粉末裝飾,感覺就像是聚光燈照射下,有許多銀色彩紙飛舞。臉部再用某種植物遮住。

我記得紅肩粉蝶在幼蟲時,好像吃的是某種獨特的植物?我想了一下,想起是檞寄生科植物。

我之前以為自己比其他人更瞭解蝴蝶,純粹是因為我爸爸是學者,家裡有很多

人類標本

194

標本和專業書籍,即使沒有興趣,也會很自然地多看幾眼,也許是因為更深層的原因。我在蝴蝶的王國誕生,就像呼吸一樣,把蝴蝶相關的事吸收進入體內。

肩膀起伏,用力喘息的白瀨透是紋白蝶。

之前聽他說了眼睛的事,似乎帶來相當大的影響。背景使用的是用四原色呈現月夜下的花田這幅畫,即使是二原色的人,也會覺得這樣的背景很美。第三隻眼睛是否能夠在瞬間浮現四原色?雖然我和自己的潛能陷入了一番交戰,但後來發現那是根據以前在網路上看到的、留美老師的〈藍寶石之夜〉的作品修改而成,就鬆了一口氣。

全身用好像白色繃帶般的東西裹得像木乃伊。至於材質,還是和紙最理想。在紋白蝶眼中,雄蝶的翅膀是紅色,那就把雙手手肘以下的部分浸泡在紅色墨汁內。

就像襁褓中的嬰兒一樣靜靜地躺在畫旁,雙手伸向月亮。

我不僅在壓克力箱中看到了作品,腦海中還浮現了創作過程。

黑岩大是大白斑蝶。砍掉他的雙腳,整體感覺更協調。背景是只有繪畫的報紙,但不是只用一張而已,而是將好幾張報紙疊在一起,呈現他整個人好像從中央「破

195　にんげんひょうほん

報而出」的動感。他之前給我看了設置太陽能板破壞環境的那張報紙，不知道他除此以外，還畫過什麼內容。

第三隻眼睛並不是特異功能人士的眼睛，所以對於不知道的事，就完全沒有頭緒，所以最上面的那張報紙，就是他給我看的那一張。

似乎有哪裡不對勁。我凝視著空的壓克力箱，歪著頭思考。難道黑岩大不會覺得我很奇怪嗎？雖然我有點擔心，但決定不考慮這個問題。因為我覺得黑岩大對我，正確地說，是對杏奈以外的人都沒什麼興趣。

也許黑岩大並不是把杏奈視為模特兒進行觀察，純粹只是好色而已。這時，我想起大白斑雄蝶身上有像棕色刷子一樣的生殖器也是一大特徵，要如何呈現在作品中呢？必須好好研究一下。我把雙臂抱在胸前思考時，突然驚覺一件事。

我為什麼認真思考根本不會實際製作的作品？

休息時間結束，我們又開始專心走路。我仍然可以在壓克力箱子內看到作品，每個人在搬運自己標本的身影很滑稽，那我在搬運什麼？我看向自己手中的壓克力箱子，但是沒有看到任何東西。

人果然最難看清自己。

默默走在路上，我又忍不住思考「人類標本」的事。

人類標本　　　　　　　　　　　196

既然是標本，就代表放在壓克力箱內的對象已經死了。所以如果真的製作，就必須殺人。真希望他們所有人都得不治之症，明天就全都死掉，但生病的人不可能像現在這樣綻放充滿活力的光芒。

沒有任何人覺得，自己明天可能會死。

不，搞不好白瀨透會有這種想法。他把壓克力箱放在腳邊，從長褲口袋裡拿出熨燙過的手帕擦汗。陽光透過樹梢灑落，刺眼的光讓我瞇起了眼睛，但是我從他的背影中感受到黑夜。對死亡的憧憬，或者說是對亡者的思慕。

在赤羽輝身上可以更強烈地感受到這一點。雖然他很不起眼，但其實他很希望成為聚光燈的焦點。但是，一旦真的付諸行動，鮮血就會一下子從身體噴出來，不，是從背後噴出來。即使明知道自己的體內有這樣的炸彈，不，正因為知道，所以才嚮往站在舞台上。因為生命的重量和短暫的燦爛相同。

石岡翔更有一種活在剎那的感覺。雖然起初邊走邊說笑話，或是哼著奇怪的改編歌曲，現在比透停下腳步休息的次數更多，而且也完全不說話。他臉上冒的汗也是我的一倍以上。即使才剛用包在頭上，看起來是畫畫時使用的髒毛巾擦臉，很快又滿臉都是汗，簡直就像瀑布般流不停。

古柯鹼。他是不是吸毒？毒物是不是侵蝕了他的身體？雖然並不希望自己就這

197　　にんげんひょうほん

樣倒下去天堂，但就算真的這樣，他也覺得無所謂。壓克力箱內的翔張開雙手，伸向箱外，飛向天空，為了避免他逃離壓克力箱，必須用水泥固定。

咦？他好像死了也沒關係。但是，深澤蒼和黑岩大完全沒有想死的念頭。蒼悠然地走在路上，即使炸彈從天而降，似乎也覺得不會掉在自己頭上。黑岩大很像是那種為了保住自己的性命，不惜拿別人當擋箭牌的人。他會拉三個哭泣的弱女子當人肉盾牌。

這種想像太過分了，他並沒有對不起我……

這時，我們終於回到山上的房子。胡思亂想終於結束，接下來就轉換心情，好好畫杏奈吧。我們把壓克力箱子放去屋後的倉庫，清空腦海中的想法後，走進了屋內。

留美老師坐在客廳的沙發上，露出柔和的笑容對我們說：「對不起啊。」大家一起喝了杏奈準備的檸檬水後，留美老師說：「我要去休息一下。」然後就去了二樓的臥室，但是這一天，她沒有再下樓。

大家都有點累了，在傍晚之前就各自打發時間，晚餐吃杏奈做的咖哩飯時，我們閒聊著。因為沒有大人，於是就聊起了有沒有喝過酒這件事。

我向大家坦承，之前和爸爸一起去巴西時，喝了用卡夏薩這種酒精濃度很高的

人類標本

198

酒調製的水果（我當時喝的是柳橙）雞尾酒卡琵莉亞，其他人都七嘴八舌地說「好想喝看看」。我做夢都沒有想到，這件事竟然會對日後製作標本有幫助。

隔天，杏奈告訴我們，留美老師的身體狀況沒有恢復，要去露營場打電話叫救護車，夏令營恐怕也無法繼續進行了。

我和杏奈一起去了露營場，打電話給爸爸。爸爸開車來接我時，也順便把其他五個人送回家。因為爸爸說他要出門觀測蝴蝶一個星期（他並沒有告訴我觀測地點。雖然我們是家人，但是爸爸對於學會沒有發表的事，會徹底保守秘密），所以發現爸爸在家，我鬆了一口氣。

我坐在副駕駛座上，車子行駛在山路上時，我很擔心留美老師的身體狀況，也對夏令營中止感到遺憾。但是，當我回頭看向後車座時，身體不由得顫抖——這不就是機會嗎。

我發現所有人都變成了在壓克力箱內的蝴蝶。

我不知道爸爸這次的秘密旅行要尋找什麼蝴蝶，但是，我可以製作更驚人的、這個世界上獨一無二的標本——

而且，爸爸把山上房子的鑰匙交給了我，說其他人可能會發現忘了什麼東西在山上，然後打電話給我。

〈觀察〉

回到家裡，走進房間躺在床上之後，我在他們五個人身上看到的「人類標本」仍然沒有從腦海中消失。但是，當隔天早晨醒來時，就覺得那是一場夢，自己中了山上的魔法。

不過，我的家庭和普通的家庭不一樣。只要一走出自己的房間，就會看到蝴蝶標本，只不過以前都覺得那些標本就像是壁紙的圖案，即使蝴蝶的種類很不一樣，我也不會發現，但是這一天，我仔細打量每一隻蝴蝶，那些蝴蝶似乎都在對我說話。尖翅藍閃蝶、休伊遜彩裳蛺蝶、紅肩粉蝶、紋白蝶、大白斑蝶。雖然各種蝴蝶應有盡有，但都只是用昆蟲針固定張開翅膀的身體。

爸爸在小學一年級時，就已經製作了那麼富有獨創性的驚人標本，會對現在的這些標本感到滿足嗎？還是因為當年還是小孩子，所以才能夠做出那樣的作品？也許我得到的第三隻眼睛也無法永遠屬於我，如果只出現這一次呢？

搞不好現在就已經閉上了。

我決定去和他們五個人見面。我相信他們一定看起來像普通人，然後我們會一

人類標本

200

邊吃著漢堡，一邊約好要去探視留美老師，然後說好去探視時，要帶原本要在山上的房子畫的畫給留美老師看。我當時還無憂無慮地這麼想像⋯⋯

結果，所有人都還是蝴蝶。

石岡翔畫了翼龍的壁畫具有壓倒性的震撼力，他得天獨厚的天賦令我羨慕。雖然我一度產生猶豫，與其現在就把這個人（這隻蝴蝶）做成標本，是否該等他創造出更多作品，讓他更加出名，他的作品不再被清除掉之後再說？但是從翔的口中得知他真的染上了毒癮，內心的猶豫就立刻消失了。

相反地，他因為吸毒而能進入夢幻世界這件事，一旦以可見的方式被證明的話，他的作品就會被視為通往歧路的指引牌。我必須在翔變成害蟲之前，讓世人為失去他而感到惋惜。即使第三隻眼仍然是清明的狀態，我也知道這只是藉口。

我帶著姑且一試的心情在影片網站搜尋赤羽輝，果然找到了他的影片。他出人意料地穿著好像搖滾明星般的衣服，劉海向後梳，化了像歌舞伎般的妝容，跳著激情的舞蹈。雖然我認為如果他不化妝，應該會更受歡迎，也可以增加影片的瀏覽數，但是我換了一個角度，思考他在社群媒體上都必須掩飾真面目的理由。

他會不會是搖滾明星的私生子？我想像著像漫畫情節般的故事，沒想到竟然找到了一個讓我認為很可能真的有這麼一回事的明星。觀察那個明星的骨骼，我猜想

にんげんひょうほん

他應該是輝的父親。正因為我能夠精密地重現眼睛所看到的一切,所以能夠看出明星的頭蓋骨和輝的頭蓋骨一樣,輝的頭蓋骨當然小了好幾號,但形狀的相似度有百分之九十八。

即便沒有這樣的眼力,也還有其他能確信他們是父子的元素,至少我知道輝這麼相信。那就是紅玫瑰,同時我也知道了為什麼他的玫瑰是像鮮血般的顏色。

我把自己查到的事告訴了輝,輝對我說,他想去一個地方,於是我們一起去了一個國外的藝術家也會在那裡舉辦公演的音樂廳。因為音樂廳內正在舉辦一個大型活動,我們無法進去,就一起坐在通往入口的台階上,吃著買來的漢堡。我的腦海中浮現了「最後的晚餐」這幾個字。

我們很自然地聊到了留美老師,我從輝的口中得知,他也不是自己報名參加繪畫教室,而是留美老師看了他的影片後,主動去找他,然後對他說了以下這句話。

——就算自己沒有站在舞台上,只要作品受到矚目,也等於是自己得到了喝采。

留美老師說這句話,應該是指「輝所畫的作品」,但是我想像著「把輝做成標本的作品」後,得到很多人喝采的畫面。

我去白瀨透家時,透剛好不在家。透的阿嬤告訴我,他和阿公一起去掃墓,很快就會回來,請我進去坐一下等他回來。透的阿嬤為我倒了茶,請我吃了茶點,連

人類標本

202

續說了好幾次,謝謝我和透當朋友。

「他在學校被欺負,說他是被母親帶著一起自殺,逃過一劫的孩子。」

我假裝不知道這件事,沒想到他的阿嬤主動提這件事。去山上房子的第二天傍晚,我去了成為爸爸標本背景的花田,在那裡看到了透。

可能是因為之前聊過眼睛的事,透向我敞開了心房,他看著在花田上飛來飛去的蝴蝶,告訴我很多事。

他的媽媽覺得自己的眼睛和透的眼睛都是缺陷。也因為這個原因,和透的爸爸離了婚。他的阿公透過熟人,讓他在一個大人的水墨畫教室學畫,他在水墨畫教室的介紹下,參加了留美老師的講座,從講座中瞭解到蝴蝶眼睛看到的世界,因此對我爸爸寫的書也產生了興趣。他也告訴了我,他和媽媽最後一晚的事。

他們在月夜下的油菜花田散步,兩個人都說「好美」的那天晚上,他的媽媽吃了大量安眠藥,隔天早晨,就再也沒有醒來。很多人都知道了這件事,因為事後發現,透的媽媽也讓透服用了安眠藥。

但是,透告訴我,事實並非如此。他媽媽只有自己服用了安眠藥,透發現之後,自己也吃了相同的藥,雖然他吃了剩下的所有藥,但似乎分量不夠充足。

——我並不是想死,只是不想被媽媽丟下。

我不知道透的阿嬤知道多少實情，阿嬤似乎閒著無聊，拿出了透嬰兒時代的相簿給我看。

照片中是可愛的人類嬰兒。啊啊。我感覺到自己的肩膀開始下垂。之前在花田時想，要把透做成標本，但是我並沒有勇氣殺害看起來不是蝴蝶的人。但是⋯⋯雖說要製作人類標本，但如果他不再是蝴蝶，就無法下手殺他。

當透打開紙拉門走進來時，我看到的他仍然是可愛的紋白蝶。

黑岩大在學校附近的車站發放他的畫報新聞。

那一天畫報新聞的內容是藝人瑪可倫倫因為遭到網路的誹謗中傷而自殺的新聞，除了年輕人以外，還有年長的人排隊領取報紙。大家都叫他「BW」，我驚訝地發現原來他小有名氣，但也得知了別人對他的誤解。

排在我前面的奶奶得意地告訴我，黑岩大只是負責發報紙，畫畫的是他的好朋友。因為好朋友身體虛弱，無法外出。如果那個奶奶看到黑岩大的標本，可能會嚇得癱坐在地上。

黑岩大發現了我，請我去附近的公園等他。我聽從他的建議，去了公園。剛好看到坐在旁邊長椅上的兩個女生手上也拿著畫報新聞，但她們臉上的表情和剛才的奶奶不一樣，並沒有為手上的報紙感到高興。

人類標本

204

「雖然他畫得不錯，但竟然做出那種事。他對○○做了那麼過分的事。」

「他那種情況好像是一種病，過分的事是指包括性侵在內的暴力行為。」

「○○是女生的名字，所以明明就讀的是男校，但因為長得好看，所以女生都會主動接近他。」

「他不是我喜歡的類型……他在那裡發送報紙，根本只是在撒餌。」

她們聊完這些話，把黑岩大的報紙連同空寶特瓶一起丟進了垃圾桶就離開了。

黑岩大剛好走過來，我根本沒問，他就大聲說起了這一期報紙的主題。

「像是霸凌、捉弄、整人或是調侃的行為，明明可能會害死人，但是光使用文字，無法傳達這些行為的嚴重性。那些誹謗中傷別人的傢伙，會說自己並沒有惡意。因為那些人腦袋不靈光，所以我想他們真的沒有惡意，問題是這句話無法消除行為的嚴重性，我想要畫出讓人一眼就可以看出，即使自己沒有惡意，卻做出了多麼惡劣行為的畫。」

黑岩大說完這番話後站了起來，我在他的身體中心看到了一個很大的棕色刷子形狀的東西。我覺得還是不可以省略這個部分。

我想要製作出讓人一眼就可以看出，即使自己沒有惡意，卻做出了多麼惡劣行為的作品。

我去找了深澤蒼，但是並沒有馬上約他。

因為我想觀察一下沒有光的照射，蒼獨處時的樣子。閃蝶的翅膀並不是藍色，而是因為構造色的關係，翅膀上覆蓋了可以反射藍光波長的鱗粉。

晚上和他見面的方法──我鼓起勇氣打電話給他，他告訴我，他晚上要去補習班上課，還告訴了我補習班的地點、下課時間，以及向我抱怨那些同學把他捲入了他毫無興趣的醜惡競爭，為此感到煩不勝煩。雖然隔著電話，但是我擔心聽他說這些很有人情味的話，看到他時，也會覺得他是人，於是我急忙對他說「我們改天再聊」，匆匆掛上了電話。

然後，我就去跟蹤他。

月光下的蒼很美，但是他好像刻意避開有光的地方，走去了河岸。當他走向橋下用髒兮兮的藍色塑膠布蓋住的小屋時，完全沒有看裡面是否有人，就從口袋裡拿出打火機，在塑膠布角落點了火。

塑膠布冒著黑煙開始熔化，發出了滋、滋的聲音，然後火一下子竄燒了起來。

但是，蒼根本沒有看一眼。他並沒有逃走，而是完全沒有興趣，邁著悠然的步伐離開了。

要不要當作沒看到？我腦海中閃過這個想法，但雙腳還是不由自主地追了上去。

人類標本　　　　　　　　　　　　　　　　206

阿蒼。我叫了一聲。蒼停下腳步,緩緩轉過身。他的臉上完全沒有做壞事被人發現的愧疚。我問他,為什麼要做那種事?

「因為很髒,那是我最討厭的藍,但是,不用擔心,裡面沒人,今天的沒人。」

蒼笑著說,轉身再度邁開步伐。我覺得即使再叫他,他也不會回頭。不,我不希望他回頭。因為我在他的背影中看到了惡魔的眼睛。

那是醜陋、非常醜陋的惡魔的臉。我覺得把蒼做成標本,非常適合放在可以看到正面和背面的壓克力箱內了。

我一心想著這件事,蒼剛才的話暗示就算小屋內有人,他也會照樣縱火,但我把自己的欲望擺在優先的位置,沒有報警,就直接回家了。我對此感到很抱歉。

〈在山上的房子內〉

雖然從爸爸口中得知,留美老師回了美國,但我並沒有把這件事告訴其他五個同學,而是對他們說:「留美老師會在暑假結束前出院,我們去山上的房子完成作

品,同時做好展示的準備,給老師一個驚喜。」然後約他們一起上山。他們原本就排開了所有的事,所以都喜孜孜地來參加了。

我們從露營場的公車站走路前往山上的房子。雖然每個人都帶了不少行李,但是比之前搬壓克力箱輕鬆多了。

我在網路上購買了液體的安眠藥,然後混入花了大錢買的哈密瓜調製的卡琵莉亞雞尾酒中。他們應該覺得有點苦味,但喝的時候都一直說好喝、好喝。看起來不太會喝酒的透也喝得很開心。看起來酒量很好、感覺也最難對付的黑岩大第一個醉倒,真是如有神助。

我使用注射器,為所有人注射了和安眠藥一起購買、治療心臟衰竭的藥物Colforsin Daropate,確認他們都死了之後,就開始進行製作標本的作業。

倉庫內除了廚房使用的冰箱以外,還有一個業務用大冰箱,我把遺體放在那裡,逐一完成每一件作品,然後搬到事先決定的位置,拍下了照片。

雖然我很希望更多人能夠親眼看到標本,但是,就算他們在我眼中是蝴蝶,實際上還是人,一旦開始腐爛,就會變得醜陋,所以我在拍完照之後,就把他們埋進了花田。

因為我覺得把他們埋葬在我開啟第三隻眼睛的地方最適合。

人類標本

以下附上作品的照片。

〈總結〉

也許有人覺得，這份報告中完全沒有提到標本的製作方法這個重點。如果有人這麼想，代表對這份報告有很大的誤解。

自由研究的主題並不是「人類標本的製作方法」。

而是我觀察自己這樣一個平凡的國中二年級男生，怎麼會想到製作對我以外的大部分人來說，都很可怕的「人類標本」，以及下定決心的心路歷程。

〈謝辭、更正與道歉〉

爸爸，對不起。

獨居房內

漫長的審判結束，做出了死刑判決。我不會上訴。

榊史朗的稱呼從「蝴蝶博士」變成了「獵奇殺人凶手」。

我沒做錯吧？

我抬頭看向灰色天花板，連續問了好幾次的這個問題，到底是在問誰？我自己？妻子？父母？還是、至？

去山上的房子接參加夏令營的孩子後，把他們各自送回了家。隔天，雖然很擔心留美的身體狀況，但還是在原本預定的行程上增加了三天，出門去觀測蝴蝶。雖然對因為暑假的活動臨時取消，必須一個人留在家裡的至感到有點過意不去，但是這次無法帶他同行。

我透過可靠的管道，得知在日本，只有九州南部可以觀測到的玉帶鳳蝶，出現在東北地區的深山。這次是為了確認這個消息的極機密觀測，即使是兒子，也無法帶他同行。

這次並不是只有觀察蝴蝶這麼簡單，而是要同時蒐集世界氣候的變化、地球上新生態系的演變等資料的重要觀測，為了避免被外界掌握位置，我把平時使用的手機留在家裡，帶了租來的手機上山，以備不時之需，也沒有開那輛引人注目的車子，

人類標本

212

而是全程使用公共交通工具。

「即使沒有幫傭，我也可以一個人顧家。既然難得清靜，那我就在家裡完成留美老師的作業。」

至送我到門口時，笑著這麼對我說，我把山上房子的鑰匙交給了他。

「好主意。只要你們不會亂來，也可以邀那幾個同學一起去山上的房子。如果你們都完成各自的作品，留美可能會很高興。」

如果我當時沒有多嘴，不，只要不把鑰匙交給他，至的「自由研究」是否就只是危險的夢想？

我在山上徘徊了十天後，筋疲力盡地在傍晚過後回到了家中。原本打算和至一起去吃牛排，但是打開玄關的門，繫著黑色圍裙的至站在那裡迎接我。

「爸爸，你回來了。比你原本說的時間提前了，我在準備晚餐。」

繪畫、洗照片、下廚，圍裙有很多用途，至身上這麼乾淨的圍裙令我產生了疑問，但想到今天的用途是下廚，心情就放鬆了下來。

「因為轉車很順利。」

「蝴蝶呢？」

「揮棒落空了。」

我搖著頭回答。

「這樣啊,辛苦了。我買了壽喜燒的食材。」

「我正想吃肉,但為什麼今天會想到要做壽喜燒?」

這是我們家冬天吃的一道菜。

「在夏令營自我介紹時,我回答說,我喜歡的食物是爸爸做的壽喜燒,然後就一直很想吃。」

「原來是這樣,既然你這麼說,那等一下只能由我來露一手了。」

無論觀測蝴蝶失敗或是成功,至都準備慰勞我的奔波。

這些年,我們父子相依為命,我一直以為是自己牽著年幼的兒子走在人生路上,沒想到不知不覺中,他開始在背後推我向前走。晚餐時,他也掩飾了自己的疲態。

我的兒子心地很善良……

我坐在脫鞋處脫下球鞋時,看到了至的球鞋。他的球鞋很髒,但是看了看自己的鞋子,我就沒有吭氣。

如果我問了,不知道他會怎麼回答……?

我吃了很多沒有使用現成的壽喜燒醬汁,而是用醬油、砂糖和酒調味的壽喜燒,肚子都快撐破了,但至幾乎沒有動筷子。

人類標本　　　　　　　　　　214

「你身體不舒服嗎?」

「可能中暑了。我做自由研究太賣力了。對了,明天開始,我要去參加補習班為期五天的夏令營。」

「平時有去補習班補習。」

「暑假剩下的日子都耗在補習班。」

「是為了完成暑假作業。雖然補習班不上課,但可以在那裡完成自己帶去的功課。」

「當老師的人不可以說這種話。對了,我看到哈密瓜很好吃,所以就買了。雖然有點貴,沒問題吧?」

「你還是在家裡休息一下比較好,不寫暑假作業也沒關係。」

至笑著對我說,他的臉色蒼白,眼睛有點充血。

至聳了聳肩說,我豎起大拇指,對他笑了笑。

吃完壽喜燒,把哈密瓜切成兩半,挖掉籽之後,放在各自面前,我們又面對面坐了下來。

「可以這麼奢侈嗎?」

「要獎勵你乖乖在家。」

215　にんげんひょうほん

至聽了我的回答，目不轉睛地注視著哈密瓜，拿起湯匙挖了一大塊，吃著比他嘴巴更大塊的哈密瓜。剛迎接變聲期的喉嚨動了一下。

「太好吃了，眼淚都快流下來了。」

至用手背擦了擦眼睛，但並沒有吃第二口。我用氣泡水加在自己的威士忌裡，然後把剩下的氣泡水倒進至的杯子裡。

我想讓他覺得這樣的夜晚適合父子，不，是適合男人談心。

「你的自由研究內容是什麼？」

「蝴蝶標本⋯⋯」

雖然他的聲音小得幾乎快聽不到了，我發現他對蝴蝶的興趣超乎我的想像，不由得感到興奮。

「在哪裡？不，是什麼，不，你怎麼⋯⋯」

「不要聊我的事，因為很難為情。爸爸，你這次是去找什麼蝴蝶？如果方便透露的話。」

「是玉帶鳳蝶。」

我走回房間，把玉帶鳳蝶的標本從牆上拿了下來。雖然發現牆壁好像有哪裡不對勁，但並沒有多想，就走回了至所在的客廳。

人類標本　　　　　　　　　　　　　　　　　　　　　216

「原來是這個。帶狀的白斑很漂亮,我記得這種蝴蝶好像喜歡橘子和檸檬?」

「你知道得真清楚。」

我驚訝地看著他,他聳了聳肩說:「還好啦。」然後又問了我一個問題:

「爸爸,如果要用某種蝴蝶代表自己,你會選哪一種蝴蝶?」

我從來沒有想過這種問題。不對,有過一次。我向妻子求婚時,我曾經對她說,妳是我的深山白蝶。我可能忍不住露出了笑容,至一臉驚訝地看著我的臉,我把這件事告訴了他。

「媽媽當時說什麼?」

雖然他的氣色很差,但聽到這件事,立刻露出了興奮的表情。

「媽媽一臉錯愕的表情。我們在同一所大學,她當時是行政人員,起初是來提醒我遵守交件的期限,之後開始送飯糰和便當給我。因為我是在研究室向她求婚,所以馬上給她看了標本。」

「她怎麼說?」

「她很失望地說,沒想到這麼不起眼。」

「媽媽應該不知道那是瀕臨絕種危機的種類,爸爸當初的意思是,終於找到了尋覓已久的人。」

217　にんげんひょうほん

至說得完全正確，我只能抓頭。

「所以，我是鳳蝶和深山白蝶的孩子。」

「爸爸為什麼是鳳蝶？咦？這句話我好像最近才說過。」

「是留美老師，但是我也這麼覺得。說到蝴蝶，當然就是鳳蝶；說到蝴蝶，當然就是榊史朗。對不對？而且你還有鳳蝶的眼睛。」

我內心有點得意。

「所以生出來的是什麼蝴蝶？」

「翠紋鳳蝶吧。」

他的回答和我原本的想像不一樣。

「不是在巴西第一次抓到的紅珠鳳蝶嗎？」

「能夠代表自己的，和自己喜歡的不一樣。如果要問喜歡的，我目前喜歡黑鳳蝶。不過很遺憾，我身上也有毒。」

至就像調皮搗蛋被逮到的小孩子一樣，抬眼看著我笑了起來。我似乎從他俊美得令人驚嘆的臉龐上，看到了像是惡魔的表情，頓時有一種心臟被用力揪住的感覺。

就像是黑鳳蝶，即使被數萬種色彩包圍，仍然可以毅然地維持自己的顏色，但是，眼睛可以捕捉到數萬種色彩。是至高的存在。

人類標本　　　　　　　　　　　　　　　　　218

我第一次覺得兒子像蝴蝶。

「喔，越來越有中二少年的尖銳感，這代表你朝向正確的方向成長。」

為了掩飾內心發毛的感覺，我虛張聲勢地這麼說。如果我問他身上有毒是怎麼回事，他會向我坦承一切嗎？

「爸爸，你還真敢說，我第一次誤入歧途是你造成的。」

惡魔消失了。至充滿懷念地說起了兩年前的夏天，在巴西不小心喝了酒的事。

當時的景象就像在腦海中播放影片般歷歷在目。

里約熱內盧。雖然那裡的季節和日本相反，但是在那個陽光燦爛的城市，白天只要穿短袖就夠了。即使沒有特別意識治安的問題，我向來都穿舊Polo衫和棉長褲，至穿著當地足球隊的T恤和短褲，看起來就像是當地的小孩。

三節車廂的長巴士、陡峭的斜坡、纜車、蔚藍的海、被形容為圓麵包的可愛小島。

──爸爸以前住在山上的房子時，小學同學說，只要筆直地挖，就可以到巴西，於是大家都在操場上挖了起來，結果被老師痛罵了一頓。

猴子、瞭望台、攤位上放了五顏六色水果的飲料攤。柳橙、百香果、鳳梨，還有比日本小一號的蘋果。

搖著雪克杯的開朗店員、透明的大杯子裡裝滿了橘色液體。汽水的氣泡。皺起眉頭、卡夏薩的瓶子、卡琵莉亞雞尾酒。

──我可以再喝幾口嗎？

──你可以再喝五口。如果媽媽在這裡，一定會罵我。不，她可能會叫我給你喝十口。

愉快的回憶、回不去的日子……

因為太累了，再加上喝了酒的關係，我似乎坐在那裡陷入了恍惚。當我回過神，發現至注視著我，他的眼神好像要告訴我什麼重大的秘密。但是，他很快皺著臉說：

「我希望可以在二十歲生日時，和爸爸一起喝柳橙汁口味的卡琵莉亞雞尾酒。」

「不錯啊，真期待。」

我並沒有用力睜開越來越沉重的眼皮。我在腦海中和至一起乾杯，明明想的是二十歲的至，腦海中卻是現在的至換上了西裝。其實不需要勉強想像，可以慢慢等待那一天的到來。不，他一定在轉眼之間就二十歲了。我沉浸在這種如夢似幻的感覺中，進入了夢鄉。

為至慶祝二十歲生日時，除了我和至以外，也看到了妻子的身影。還有父親和母親，小時候為我買標本的外公、留美、杏奈，以及留美的父母。大家都在山上房

人類標本

220

水果口味的雞尾酒。

子的客廳，喝著卡琵莉亞雞尾酒。畫面充滿豐富的色彩，根本分不清誰在喝哪一種

樣的夢嗎？那是我人生最後一次幸福的夢⋯⋯

如果我當時睜開眼睛，察覺到隱藏在至的眼睛深處的東西，那天晚上還會做那

隔天早晨，我聽到至對我說「我出門了」的聲音醒了過來。我不小心在客廳的

沙發上睡著了，至為我蓋上了毛巾被。

原來還是在夢裡。我之所以會這麼想，是因為至穿著和誤喝卡琵莉亞雞尾酒那

天相同的T恤。

「終於不會太大了。」

聽到至這麼說，我想起當時為他買了成人最小尺寸的衣服。到膝蓋的短褲也和

那一天的一樣，都是黑色，身上背著之前去夏令營時使用的大背包。

「看來你有很多暑假作業都沒寫。」

至把手上的東西放在桌子上。原來是山上房子的鑰匙。

「那我出門了。」

我的反應很遲鈍，至沒有配合我的節奏，轉身走出客廳，走向玄關後出門了。

不要太累了。他一定沒有聽到我對他說的這句話。

家裡整理得一塵不染。昨天剩下的壽喜燒裝在保存容器中，放進了冰箱。哈密瓜也切成了方便食用的大小，裝在保存容器中，放在壽喜燒的容器上方。洗乾淨的碗盤倒扣在水槽的盤子中，桌子也都擦乾淨了。

這時，我想起了前一天晚上感覺到的不對勁。因為疲勞已經消失，所以立刻知道哪裡有問題。

牆上的標本種類不一樣了。之前放在那裡的標本不見了，換上了新的標本。總共有七個地方不一樣。

消失的標本分別是尖翅藍閃蝶、休伊遜彩裳蛺蝶、正面和背面的紅肩粉蝶、紋白蝶組、大白斑蝶、翠紋鳳蝶、黑鳳蝶。我想不到這些蝴蝶有什麼共同點。並不是稀有品種，小偷與其闖空門來偷這些標本，還不如網購更安全，也花不了多少錢。

所以，是至幹的。他用於自由研究嗎？但是，現成的標本有什麼用？他應該不至於把七種類蝴蝶放進新的標本箱內，然後作為自己的暑假作業交上去。

我對至的自由研究產生了興趣。並不是因為我是他的父親，而是因為我是學者。身為學者，一旦遇到蝴蝶相關的事，就會失去理智。我無法等到至回家了，我的標本，我當然也可以不經他同意，就去看他的標本。我對自己說著這種孩子氣的藉口，走向至的房間。

人類標本

至的房間沒有鎖門。他升上國中時，我問他要不要裝鎖，他回答說不需要。我半開玩笑地問，萬一幫傭發現他房間內有色情書怎麼辦？他若無其事地回答說，現在可以用手機和電腦看那些。

明知至至不在家，但我仍然躡手躡腳地走進他的房間，站在書桌前。書桌上只有一台蓋上螢幕的筆電，沒有看到標本。我打量室內，所有的漫畫都放在書架上，也完全沒有紙屑，一眼就可以發現沒有標本。床底下也沒有標本，不知道他是否剛用拖把擦了地，連灰塵都沒有。暑假期間，我並沒有請幫傭來打掃，他竟然把房間整理得這麼乾淨。我不由得心生感動。

最後，我的視線停在筆電上。時下的年輕人，都用筆電寫作業。也許至說的蝴蝶標本並不是真正的蝴蝶，而是在假想空間的森林（雖然我不知道是不是有這種地方）採集的二次元標本。

如果是這樣，也很令人好奇。

我比走進房間時感受到更強烈的罪惡感，掀開了筆電的蓋子，打開電腦。但是，我不知道密碼。我試著輸入了至的羅馬拼音「ITARU」，但似乎沒這麼簡單，只不過我也不能隨便亂試。

223　にんげんひょうほん

這時，我突然想起了前一天晚上聊天的內容。

——翠紋鳳蝶吧。

雖然這是他拿走的標本之一，但應該不可能用這個當密碼。我這麼想著，輸入了羅馬拼音。我似乎、猜對了。我打開資料夾，找到了〈暑假自由研究「人類標本」〉的檔案。

人類、標本？

難道他針對人類不同的體型，調查了適合什麼樣的服裝或是髮型嗎？這和蝴蝶有什麼關係？我想起研究室的學生曾經提到，有一個藝人推出了蝴蝶圖案的衣服。

我腦海中浮現這些天真的想像，點開了那個檔案。

至於為什麼用蝴蝶的名字作為密碼？如果是用我不知道的詞彙……不，我是否該感謝他用了蝴蝶的名字？感謝？我向來不看文學作品，原本詞彙就很貧乏，如今更詞窮了。

被絕望的波濤吞噬。真是陳腔濫調。

當我回過神，看著蝴蝶在筆電的螢幕上飛舞。

這是筆電的螢幕保護程式，我在研究室的電腦也設定了相同的螢幕保護程式，

人類標本　　　　　　　　　　　　　224

所以一時陷入了混亂，不知道自己在哪裡。我立刻擋住了螢幕，想要遮住剛才看到的東西，但隨即發現自己在至的房間內，我沒有關電腦，就把蓋子蓋了起來，抱住了頭。

我不知道該怎麼呼吸。鎮定，鎮定。我一直這麼告訴自己。

現在是不是可以用手機做出各種圖像嗎？

即使至真的有像他寫在報告上的想法，能不能實際執行，又是另一個層次的問題。就算有殺人的念頭，究竟有百分之幾的人會真的付諸行動？而且，砍下屍體的某個部分，不是能夠隨便做到的事。一定是至對其他人說，要嚇一嚇留美老師，請其他人協助，假扮成屍體。消除下半身這種事，只要用影像處理的方式，應該很簡單。

沒錯，至不是參加了攝影社嗎？現在和我以前讀書的時代不一樣，他可能向學長請教了數位影像處理的方式，然後想到了這個方法。在參加夏令營時，和其他人聊到在學校參加了攝影社，其他人問他都學些什麼。然後在聊天過程中，那幾個孩子一起想到了這個惡劣的惡作劇。

想到這裡，我看向書架的最下方。那裡是空的。相機平時都放在那個位置。就是留美的父親送我的那台徠卡單眼相機。

我搖搖晃晃站了起來，走向暗房。我一下子吸了一大口氣，忍不住咳嗽起來。

225　にんげんひょうほん

因為我親眼看到了實物。不是相機,而是一張張之前曾經見過的五名少年變得慘不忍睹,放進壓克力箱內的照片掛在那裡。

因為我對那台相機很熟,所以知道那不是翻拍電腦螢幕上的畫面,而是相機所拍的照片儲存在電腦中。

如何用底片拍出活人沒有下半身?是不是運用鏡子?我雙腿無力,癱坐在地上。誰來告訴我其中的玄機?如果把照片帶去研究室,學生可能會說,老師被騙了。

但即使是拼貼出來的圖像,我也不能讓別人看到這麼可怕的照片。

該怎麼辦?打電話給至。不,我不能這麼做。如果他發現我知道了這件事⋯⋯他會怎麼做?

你看到照片了嗎?這是大家一起努力完成的。你不要告訴留美老師。是我邀大家一起完成原本要畫的畫,但是翔出了餿主意,蒼和大也都說這個比較好玩,輝和透也沒有反對,而且還搞得好像我是主謀,真是無妄之災。

我搖了搖頭。現在不是逃避現實的時候。我要去山上的房子,親自確認一下。

我只帶了最低限度的東西,就開車去了山上的房子。我無暇等到車身不會暴露在陽光下的時間。

中途,我去了深澤蒼住家附近曾經發生縱火事件的河岸旁的橋下,橋墩有燒焦

的痕跡，從那裡可以看到的範圍內，有看起來像是遊民的小屋，但是那間小屋沒有使用藍色塑膠布。

我又去了石岡翔住家附近的高架橋下。看到了至的報告中提到的翼龍壁畫。附近的汽車修理廠竟然有一輛和我同款的車子。那是專門烤漆的修車廠嗎？但這種事根本不重要。

我回到車上，用手機搜尋了赤羽輝的影片。妻子曾經告訴我，她在單身時代瘋狂迷戀的明星舉辦的現場演唱會上，撿了花瓣回家的英勇事蹟，還向我出示了證據。即使我不是那個明星的粉絲，也可以在赤羽輝身上看到他的影子。

我在社群網站上的一小篇關於母攜子自殺未遂事件的報導中，確認了白瀨透母親的死。也看到一名參加美舉辦講座的女性，把美當作神一樣崇拜的留言。

我又搜尋了黑岩大的別名「BW」。是因為瑪可倫倫的詛咒，所以才一直沒有看到他發放新的一期報紙嗎？這則留言還附上了上一期的畫。詛咒是怎麼回事？我搜索之後，才知道那個叫瑪可倫倫的人自殺了。

關於遊民小屋的縱火事件，在一個月前，的確發生了小屋內有人被燒死的不幸。雖然我我繼續開車，行駛在開闢森林建造的高速公路上，也看到了太陽能板。雖然我是生物學者，之前來回經過了兩次，但今天才第一次注意到。經過露營場時，想像

著至搭電車轉巴士來到這裡,然後沿著山路走向山上房子的身影。車子駛入林道後,我似乎看到了幾名少年抱著巨大的壓克力箱走在林道上的身影。

抵達山上的房子,走下車後,我沒有走向玄關,而是走去通往後山中途的花田清新的空氣中,飄著刺鼻的異臭,我停下了腳步。風向我預告,即將面對無法逃避的現實。

不要逃避。我告訴自己,然後邁著像鉛塊一樣沉重的腳步,一步、一步前進,終於來到了曾經的夢幻國度。

那裡有五個以不自然的形狀隆起的土堆,被挖起後乾枯掉的草花黏在泥土上。

惡臭難忍,我屏住呼吸,走向離我最近的土堆。我用嘴巴呼吸,挖起了土堆旁的泥土……

我看到了一個藍色的、像是手的東西,當場嘔吐起來。鼻水和淚水同時流了下來。我低著頭,站起身衝向房子。我記得後門旁有一個水龍頭。

我洗了臉、漱了口,調整呼吸後抬起頭,看到了倉庫。我緩緩打開拉門,看到好幾個壓克力箱排放在一起,也有用藍色塑膠布蓋了起來。我掀起一看,再次倒吸了一口氣。

因為我在五彩斑斕、被敲掉的水泥中,看到了像是砍斷的腿。

人類標本   228

不知道感覺是否已經麻痺,這次並沒有想嘔吐。

走出倉庫,去焚化爐張望了一下。灰燼中有燒剩的鐵絲和像是木樁的東西。

我想直接回家。還需要什麼證據?但我還是走了屋內。因為我沒有自信能夠開車,可能會在轉彎時,直接墜落谷底。不,這樣也沒關係。

只要能夠逃離惡夢。

我覺得口乾舌燥,於是筆直走向廚房。我不敢打開冰箱,打開了水龍頭。我把臉湊到水龍頭下,雖然喝了一肚子水,但仍然無法解渴。

我的視線突然被水槽角落吸引。卡夏薩的空瓶子出現在那裡,似乎在呼喚我:

「趕快看過來!」

他把安眠藥加在這裡面嗎?

明明有各種不同種類的酒,為什麼偏偏挑選這一瓶?至在購買時,在調製卡琵莉亞雞尾酒時,腦海中沒有浮現我的身影嗎?難道他腦海中的我沒有對他說,不要做這種傻事嗎?沒有對他說,你根本不需要第三隻眼睛,你是很優秀的孩子,爸爸甚至有點配不上你嗎?

我雙腿無力,跪在地上。我將意識集中在膝蓋上站了起來,拉開餐桌旁的一張椅子。我無意識地繞著餐桌走了半圈,是因為身體還記得多年前的座位嗎?

229　　にんげんひょうほん

父親的座位、母親的座位,和曾經是他們兒子的我的座位。

爸爸、媽媽,我到底該怎麼辦?

我想像自己是至,思考著父親和母親會怎麼做。

父親可能會帶著我逃入深山。我是否也該在至的犯案曝光之前,帶著他一起逃亡?逃去亞馬遜深處如何?

就算成功逃離,未來也不會有幸福等著我們。每天晚上,都會為「今天又沒被抓到」而鬆一口氣,然後閉上眼睛。早晨醒來時,又會為「警察今天一定會上門」感到擔憂不安。即使是這樣的日子,我也能夠忍受,甚至可能會輕率地為又成功地保護了兒子一天感到興奮。

但是,至又如何呢?日復一日這樣的日子有什麼意義?還是他想要改過自新,帶著懺悔,活出新的自我?

懺悔……說到家屬,至起碼曾經見過白瀨透的祖母,也曾經和她聊天。她親切地問「你喜歡蜂蜜蛋糕嗎?」的笑容,也深深烙印在我的腦海中。她現在還以為透正在山上的房子畫畫,可能正在擔心他有沒有好好吃飯,有沒有感冒。光是想像她的笑容變成悲痛欲絕表情的瞬間,我就覺得心快碎了。

如果是母親,她可能會說要陪兒子去警察局自首。雖然是罪大惡極的犯罪,如

人類標本

230

果法官考慮到年齡和精神鑑定的結果，免於被判處死刑，她可能會在持續向家屬謝罪的同時，等待兒子的歸來，陪著兒子一起承受世人丟的石頭，不，她會成為保護兒子的盾牌，陪伴兒子到最後一天⋯⋯

我也要這麼做。即使至拒絕自首，懇求我帶他一起逃亡，我也要告訴他，我會保護他一輩子，然後說服他。

接受所發生的一切。我這麼告訴自己，打開了冰箱。冰箱裡沒有任何可怕的東西。只有芒果風味的蔬菜汁，和一袋加了火腿的圓形餐包（火腿麵包）。原本有五個，目前只剩下兩個。這是至的早餐組合，家裡的冰箱隨時都會準備。

至把壓克力箱洗乾淨後放回了倉庫，這些沒有吃完的食物、沒有喝完的飲料就丟在這裡嗎？我產生了這種好像在協助隱瞞犯罪的想法，把那袋麵包拿了出來，一看生產日期，發現是今天的。

他不是去參加補習班的夏令營嗎？難道他在這棟房子內？為什麼？

我準備用手機打電話給他，但是山上的房子沒有訊號。我思考著要不要去露營場打電話，最後決定先去畫室。

打開畫室的門，產生了彷彿穿越時空的錯覺。留美沒有整修畫室。

空氣中有隱約的腐臭味，我用一隻手搗住口鼻，慢慢走了進去，看到後方牆壁

231　にんげんひょうほん

前有一幅畫。就算站在遠處，仍然忍不住倒吸了一口氣。我忘記臭味會吸進身體，睜大了眼睛，用力吸了一口吐出來的氣。當我一步、一步走向那幅畫，覺得靈魂都被吸了進去。

那是通往後山路上的花田，是蝴蝶的眼睛所看到的花田。

是蝴蝶王國！那是我渴望已久，即使投入研究多年，即使製作了特殊的眼鏡，都無法完美重現的世界。

當然，並不是百分之百正確。那是只有蝴蝶知道正確答案的世界。但是，我認為這就是正確答案。拋開理性思考，憑著連我自己也沒有察覺到依然存在的一丁點年少時代的心，我認為這就是正確答案。

畫這幅畫的人當然就是至。他是父親的孫子，我的兒子，只有他才能夠畫出這個世界。

即使不需要製作奇怪的標本，你的才能獨一無二⋯⋯

我害怕自己的心會進一步被眼前這幅畫吸引，於是轉過身，面對相反方向的牆壁。雙手撐在窗邊的書桌上。我曾經在這張書桌上，和父親一起製作標本。

徠卡相機就放在書桌角落，下面有一張報告紙。報告紙上的字跡很熟悉，但是，他平時寫在沒有線的空白紙上的字跡都很端正整齊，眼前這張報告紙上的潦草文字，

人類標本　　　　　　　　　　　　　　　　　　　　232

讓人聯想到吶喊或是血沫。

『標本明明已經完成了，我還是無法克制內心的興奮和衝動。每天都看著周圍的人一個一個變成蝴蝶，我太想採集了，太想把他們做成標本了。但是，我遲早會遭到逮捕。我的時間不多了，既然這樣，下一個就是一之瀨杏奈。』

打開書桌的抽屜，發現裡面有一張畫紙。

上面用鉛筆畫著像是標本設計的草圖。整體感覺像是把美麗的供品奉獻給看起來是花田的地方，右腿被砍斷，用木楔貫穿身體中心的黑色蝴蝶，一眼就可以看出是杏奈。

我隔著衣服，用力按著加速跳動的心臟，淺淺地呼吸，慢慢調整呼吸。

下一格抽屜內是裝了安眠藥、Colforsin Daropate 的瓶子和注射器的盒子，再下一格抽屜內是雄的翠紋鳳蝶的和雌的黑鳳蝶的標本。

翠紋鳳蝶代表至，黑鳳蝶代表杏奈嗎？

至喜歡的是黑鳳蝶。你甚至要把自己喜歡的人也做成標本嗎？因為喜歡她，所以才會有這樣的衝動嗎？

如果是這樣，至以後會把自己生命中重要的人都做成標本嗎？

即使帶他去自首，一旦重新回到社會，還是會繼續殺人嗎？

233　　にんげんひょうほん

我恍然大悟，轉頭看向那幅畫。很少見的正方形特大畫布的尺寸不是和壓克力箱的尺寸幾乎相同嗎？難道這幅畫出色的畫，是為了標本而畫的嗎？只有這種時候，所謂的第三隻眼才會開啟，才會才華橫溢嗎？

任何動物只要還有生命，就無法改變包括內臟在內的形狀，只要有人的外形，就會獲得「人權」這張贖罪券……

至少在日本這個國家，就算是惡魔，只要有人的外形，就會獲得「人權」這張贖罪券……

我能夠自己採取行動，至少阻止一次他的行為嗎？他把卡夏薩用來作為殺人工具，我沒有自信可以說服他。消除毒蝴蝶身上的毒，根本是不可能的事。只要砍斷他的手，只要蒙上眼睛……那就不再是至了。並不是我這麼認為，而是他會這麼感覺。我用力甩著腦霧漸漸籠罩的腦袋，雙手拍著臉頰。

報告紙上還寫了其他內容。

『8/25』

如果這代表日期，那就是後天。杏奈之前和留美一起去了美國，難道她要回國嗎？即使我想確認，也沒有杏奈的電話。之前留美送醫時，我在醫院問了杏奈的電話，她說已經留給至了。

那就聯絡留美……就算這次阻止了杏奈回國，也無法解決問題。就算杏奈回國

人類標本　　　　　　　　　　　　　　　234

的日期延遲，如果至下次設定在我不知道的日期，我就無法阻止了。

該怎麼辦⋯⋯？

我在下半身無力，完全無法站立之前，走出了畫室。我走進客廳，想要休息一下，佐和子阿姨面帶微笑迎接我。我深深坐在沙發上，面對肖像畫，再次和佐和子阿姨四目相對。

好久不見。肖像畫中的佐和子阿姨似乎在對我這麼說，但是，我並沒有見過這幅畫中的佐和子阿姨。我想起了至報告中提到的留美說的話。

──雖然外表是以前他們相處時的健康身影，但是榊大師並不認為那是我媽媽以前的樣子。

閉上眼睛，至的身影浮現在腦海中。是我們一起去巴西時的身影，看起來也像是他年紀更小的時候，但也很像他今天早上的樣子。那是今天的事嗎？那是我看到他可怕的手記之前的樣子。

那是我腦海中好幾張幸福照片重疊在一起形成的、我內心的至。

雖然發現了遺體，也知道他正在策劃下一次犯案，我仍然不認為他的臉上有瘋狂的影子。即使我目擊了他的犯案現場，在那個瞬間，滿腦子都是他像惡魔般的表情，但當我閉上眼睛時，最初浮現在眼前的，應該就是和現在相同的樣子。

235　　にんげんひょうほん

就好像在父親眼中，佐和子阿姨一直都是這個樣子。照片無法留下這樣的身影。

如果我有和父親一樣的才華，就可以畫下來，留下至是心地純潔善良、才華洋溢的美少年的證據，然後和他同歸於盡。

雖然這種才華不可能從天而降，但我還是看向了窗外。夜幕尚未降臨，不過天空中開始飄出傍晚的色彩。

移回室內的視線避開了佐和子阿姨，看向客廳深處、壁爐那裡的牆壁。那裡有我當年製作的標本。彷彿那天從父親手上接過裱好畫框的標本，就當著大家的面放在那裡。

標本彷彿一直在這裡引頸期待著我的出現，對我說著「你回來了」。看了至的畫之後，只能說這幅畫太粗糙了。但是，那個標本彼端仍然是我的蝴蝶王國，畫框也仍然是通往蝴蝶王國的窗戶。

如果可以就這樣去蝴蝶王國，如果可以帶至同行，不知道該有多好。

蝴蝶無法制裁蝴蝶。人類的至殺了人類的少年，把他們做成了標本，但是那些少年變成了蝴蝶，蝴蝶無法殺害蝴蝶。

就在這個瞬間，衝破頭頂，貫穿身體中心的那種感覺是什麼？這就是所謂的「天

「啟」嗎？

人類標本——

只要讓至變成蝴蝶就好。他身為人類時的業障由我來承擔，他依然純潔無瑕，出發前往王國。

身為人類的他的父親，我要這麼做。雖然我知道這並不是正確答案，但是，我已經想不出其他答案了。

我當天離開山上的房子，回到了自己家中。

考慮到二十五日是從半夜十二點之後開始，所以我最晚也要在前一天晚上，也就是明天晚上去山上的房子待命，縱使在十二點那個瞬間發生狀況，也能夠及時應對。

至並沒有回家。

『功課寫得怎麼樣？』

我傳了訊息給他，立刻收到了他回覆的訊息。

『很順利。』

他又接著傳了亞洲黑熊比著勝利手勢的貼圖。

我打電話去了補習班，確認至並沒有參加補習班的夏令營。他到底在哪裡、做什麼？既然他馬上回了訊息，就代表他並不是在山上的房子，該不會在機場等杏奈？事實上……在開庭時，我才知道，至當時在露營場的小木屋，也得知他在那裡寄了包裹給留美。

——因為要寄到美國，而且包裹也很大，所以我打電話向貨運公司確認，還必須包得很牢固，費了一番工夫，所以我記得很清楚。

露營場管理員在法庭上作證時，我臉部用力，努力不讓表情有任何變化。

警方調查後發現，至當初寄的是杏奈的肖像畫。沒想到他真的完成了留美要求的作業。我猜想他應該在山上的房子內完成了大半部分，在我的蝴蝶觀測行程即將結束時，就轉移到小木屋，以便我能夠隨時聯絡他。

難道他想讓留美知道，身為候選人之一，他忠實地完成了留美的指示嗎？即使在競爭對手去世之後，他仍然想要成為接班人嗎？還是因為他要把杏奈做成標本，覺得很對不起留美，於是畫了那幅肖像畫寄去美國作為彌補嗎？

我在法庭上供稱，在把至做成標本的準備工作完成之前，我指示至這麼做。沒有人懷疑我的供詞。

我沒有再聯絡至。我完全沒有食欲，只喝了冰礦泉水就去泡了澡，仔細清洗身

體後倒頭就睡。

我在太陽升起的同時醒來，但我還有兩、三件事情要處理，而且必須在數小時之後才能處理，於是我躺在床上，注視著白色天花板。

如果至在二十五日那一天，沒有去山上的房子……

如果能夠得知，至經過理性思考之後，放棄了把杏奈做成標本……

我已經決定把至做成標本，然後扛下所有的罪。既然至不會繼續犯罪，我是否能夠為他扛下罪，然後讓他逃之夭夭？

我可以寫一封信告訴住在亞馬遜雨林深處小村莊的朋友，我不想讓兒子因為我引發的事件受到誹謗中傷，然後讓至帶著這封信去找他，那個朋友一定願意保護至。在我的死刑執行之後，至就可以回到日本，展開新的人生。

我走下床，打開電腦，用至的名字，訂了一張八月二十七日從羽田出發，經由杜拜往里約熱內盧的機票。

審判期間，被問到此舉的目的時，我供稱是為了製造不在場證明，當學校來問，為什麼至第二學期之後就沒有去學校，我可以回答因為接到了形同家人的朋友病危的消息，所以請兒子代替我前往。

既然這樣，不是應該去美國嗎？為什麼去巴西？是不是你自己想要逃亡，所以

239

先用兒子的名字預約，然後在登機前取消，確保自己有機位可以登機。在法庭上被這麼問時，我覺得這個理由的確更加合理，所以就回答說，也許是這樣。

總之，至已經死了，沒有人會想到那張未取消就作廢的機票，原本是為了讓他逃亡。

於是，我祈禱至能夠再度回到家中。

雖然沒有食欲，還是打開了冰箱，但我沒有拿出未開封的蔬菜汁和火腿麵包，只是把剩下的壽喜燒和哈密瓜塞進嘴裡。

我換上了乾淨的襯衫和長褲，在妻子的佛壇前合起雙手，情不自禁地說了聲「拜託了」。我無法回想起當時具體想要拜託妻子什麼，恐怕當時也無法具體說出個所以然。

準備好行李之後，我先去了理髮店，然後買了幾樣東西，就出發前往山上的房子。在天黑之前就到了。

當我走下車時，屋內飄出的氣味，讓我停下了腳步。

那是香噴噴的咖哩味。

杏奈已經回來了嗎？我急忙忙站在玄關前，從長褲口袋裡拿出鑰匙，緊握在手上，然後用力敲門。門內傳來腳步聲，門打開了，面帶笑容站在那裡的是⋯⋯

人類標本　　　　　　　　　　　　　　　240

是至。

「啊,原來是爸爸,你怎麼會來這裡?」

至即使看到我,也並沒有很驚訝。

「因為留美請我辦點事。至,你怎麼在這裡?」

「我還是想一個人完成作業,所以就來這裡了。」

「你怎麼有鑰匙?」

「對不起,我打了一把備用鑰匙。」

至聳了聳肩,就像一個調皮的孩子,然後就像在家裡接待客人一樣,把拖鞋放在脫鞋處,示意我趕快進屋。

「我做了咖哩,我們一起吃。」

至走向廚房,我跟在他身後走了進去。

「還有其他人要來這裡嗎?」

「今天不會有人。」

「明天就會有人上門嗎?我沒有這麼問他。

妻子死後,年幼的至第一次下廚為我做的也是咖哩。他削馬鈴薯皮時,削掉的皮比剩下的馬鈴薯更厚,但很快就學會只削掉薄薄一層皮了。最初使用甘口的咖哩

塊,到了小學高年級,變成了中辛,上了國中之後,就變成了辛口。因為使用了留美買的餐具,所以帶著好像在吃別人家咖哩的心情舀了一匙。送進嘴裡後,熟悉的味道在嘴裡擴散。

我用沒有拿湯匙的手背,擦拭著流下的眼淚。

「太辣了嗎?我用的是和平時一樣的咖哩塊。」

至把寶特瓶裝的礦泉水倒在杯子裡。

「可能中暑了。」

我從放在腳下的皮包裡拿出毛巾,假裝擦汗,擦乾了所有的眼淚。我們一起收拾完畢後,我邀至一起去畫室。「好啊。」他若無其事地回答,跟在我的身後。

我拎著皮包走進畫室,那幅畫放在和前一天相同的位置。不知道是否鼻子已經適應了,並沒有聞到異味。

「你畫得很出色。」

我放下皮包,把手放在至的頭上。至露出興奮的眼神看著我。我發現他的身高已經超過了我。他以後會長得更高。我將視線移回畫上,甩開了這樣的想像。

「我畫的蝴蝶眼睛看到的世界正確嗎?」

人類標本　　　　　　　　　　　　　　　　　　　　　　　　　　　　242

「豈止正確而已,我覺得是你讓我瞭解,原來這才是正解。爸爸雖然能夠想像,但無法用肉眼可以看到的方式正確呈現,所以沒辦法從俯瞰的角度,仔細打量腦海中浮現的東西。這幅畫的世界太繽紛了,超出了爸爸的想像,爸爸多年的夢想終於實現了。」

「我很慶幸自己是爺爺的孫子,爸爸的兒子。對了⋯⋯你早就知道這裡有這幅畫嗎?」

「不瞞你說,我昨天就來過這裡。」

「這樣啊。你昨天來的時候,我剛好不在,因為我去其他地方辦點事。」

「我發現至悄悄看向書桌。也許他很想知道,我是不是也看到了抽屜裡的東西。」

「你把相機帶來這裡了⋯⋯至,對不對?」

「至看著我,眼中似乎露出了不安的眼神。難道是我的心理作用嗎?」

「要不要來拍照?就站在這幅畫前,我也為你買了衣服。」

「我從皮包裡拿出了袋子。那是我白天為他買的西裝。我去他房間拿了他學校的制服,請店裡的人幫忙量了尺寸。我還買了襯衫、領帶,還有襪子和鞋子。」

「我剛才就在想,你帶了這麼一大包東西,原來是我的衣服嗎?」

「嗯,這不重要,你去客廳換一下。」

至乖乖聽從了我的話。至走出去時，我也扣好了襯衫的第一顆釦子，穿上了從家裡帶來的外套，繫上了領帶。那是專題研究的幾個學生在幾年前送我的領帶，富有光澤的設計讓人聯想到鳳蝶。

我走去書桌，從抽屜中拿出必要的東西後放進口袋，為相機裝上三腳架，放在那幅畫前。

看到至滿臉害羞地走進畫室，我忍不住倒吸了一口氣。

黑色西裝在他身上勾勒出優雅、纖細的線條，西裝上方是一張清秀俊美的臉。白色襯衫，以淡紅色為基調的領帶上是幾何圖案的設計。

他的領帶結歪了，我為他拉好。

「這種很成熟的淡紅色是紅珠鳳蝶？還是翠紋鳳蝶？」

至害羞地問，但我在挑選時，並沒有想到蝴蝶。在我心中，至是黑鳳蝶，如果當時想到蝴蝶，我會為他買黑色襯衫和紅色領帶，但是我覺得他會喜歡這樣的搭配，所以拿了淡紅色的領帶。

「你繫這條領帶很好看，無論是哪一種蝴蝶都無所謂。來，我們一起站在這裡。」

我先站在那幅畫前，然後向至招了招手，好像邀他走進花田。他穿著新皮鞋，

人類標本

244

以前也沒穿過這樣的衣服,但是他的腳步很輕盈。他站在我身旁,就像蝴蝶收起翅膀休息一樣,把一隻手放在我的肩膀上。

「通常不都是爸爸做這個動作嗎?」

「是嗎?沒關係啦。」

至笑了起來。我有點捨不得離開他放在我肩膀上的手,但還是走過去按下設定了計時器的快門,然後又跑了回來。我再次感覺到他的手放在我的肩膀上,接著聽到了清脆的快門聲音。

接著,我把手放在至的肩膀上,然後又換了兩個人都把雙臂抱在胸前的姿勢,每拍一張,就換一個動作。在拍完十張的最後一張時,至說:「很像二十歲的成人式。」右手比著勝利的手勢,左手比了一個圓,分別舉到肩膀上方的位置。在所有的事都結束,我在家裡洗照片時,才發現和他合影的我,表情一臉快哭出來。

我用這台相機拍下的一張照片……

「沒錯,就是成人式。」

聽到快門聲響起後,我站在畫前,轉頭看著至說:

「所以我準備了特別的東西,你猜是什麼?」

「該不會是卡琵莉亞?」

245　にんげんひょうほん

「答對了,而且是柳橙口味。」

「啊?我真的可以喝嗎?」

「這是獎勵你畫了這麼出色的作品。」

「那個……爸爸,你有沒有看到掛在家裡暗房內的其他作品照片?」

他天真無邪的表情,讓我的身體忍不住發抖。

「因為這次觀測蝴蝶撲了空,所以我沒有進去暗房。」

「太可惜了,你回去之後,一定要去看。我很有自信,絲毫不輸給這幅畫。」

他的聲音也天真無邪。

「對了,要在哪裡喝卡琵莉亞?要去客廳喝嗎?」

「好啊。」

「那你先去客廳,我去廚房調酒。慘了,我忘了買冰塊。」

溫熱的卡琵莉亞太難喝了,而且他只要喝一口,應該就會發現裡面加了奇怪的東西。

「我在冰箱裡做了冰塊。」

我已經不需要向他確認,為什麼要做冰塊。是因為害怕他會天真無邪地對我說出犯罪計畫嗎?

已經沒有退路了⋯⋯我下定了決心，走出畫室。

我在廚房內排除雜念，拿出了事先準備的東西。

卡夏薩的酒瓶、氣泡水和五個柳橙。我把冰塊敲碎後，裝在一個特大號的塑膠杯中，搖著雪克杯，做了兩杯加了大量柳橙汁的卡琵莉亞，其中一杯加了安眠藥。把吸管放進杯子後，放在托盤上，端去至正在等候的客廳。

至坐在客廳後方的壁爐附近，面對著蝴蝶王國的入口。雖然在山上，而且是在晚上，但仍然有點悶熱，他脫下了外套，放在沒有人坐的沙發椅背上，稍微挽起了襯衫的袖子。

我坐在他的斜前方，讓標本能夠繼續出現在他的視野中。

皮革沙發比以前的沙發彈簧更軟，像至那樣完全靠在沙發上，整個人陷在沙發中，我可能不到一分鐘，就會被睡魔攻擊，所以我盡可能淺淺地坐著，我把卡琵莉亞放在茶几上。

「哇，看起來很好喝。」

至坐直身體，興奮地說。但是他沒有伸手拿杯子，而是看著我。他的眼神中帶著一絲不安。難道他察覺了什麼嗎？

「為什麼突然好像在為我慶祝二十歲？你身體出了什麼問題嗎？」

他的語氣並不是在試探我。他從小經常問我,「你看起來很累,沒問題嗎?」、「有沒有發燒?」比我自己更關心我的身體。

「沒有,雖然有點累,但是你的畫,真的讓我發自內心感動,所以想做一些特別的事。」

「那就好,因為爸爸一定要長命百歲,而且要健健康康。你也為自己調了這麼大一杯,你酒量不好,不要勉強自己喝這麼多。」

「真是的,你不僅外表像媽媽,就連內心也和你媽媽一模一樣。」

我假裝鬆開領帶,偷擦著眼淚。

「那就乾杯。」

至很有精神地把杯子舉到自己臉的前方,我也舉杯和他乾杯。雖然沒有聽到玻璃相碰的清脆聲音,但掌心感受到杯子相碰的感覺。我們都喝了一口,然後放下了杯子。

「好像比在里約喝的更濃。」至皺著眉頭說。我有點緊張,很擔心他說不想再喝了,但也發現自己期待他這麼說。

如果我更年輕,也更俊美的話,至會把我做成標本嗎?如果可以就這樣睡著,

人類標本 248

當醒來之後，就身處蝴蝶王國，不知道有多幸福。

我怔怔地想著這些事。至的聲音打斷了我的思緒⋯⋯來聽聽些新鮮事來聽聽。」

「你自己那杯也調得這麼濃嗎？這怎麼行？我想全部喝完，但會慢慢喝，你說。」

「你說什麼？」

我們一起度過的夜晚，至經常提出這樣的要求。於是我就興致勃勃地和他分享蝴蝶的故事。至每次都說，可以說蝴蝶的故事。原來至對蝴蝶的大部分知識，可能都是我告訴他的。

「你想聽什麼？」

我在南美戰亂地區追蝴蝶時，不小心闖入了禁區，被槍指著的事⋯⋯這件事已經說過三次了。

「那就說製作這個標本時的事。」

至抬頭看向正前方的蝴蝶王國入口。

「對喔，我還沒有告訴過你這件事。」

我的視線也看向了相同的方向。那就去見一見那時候的自己。為了帶至前往蝴蝶王國，就回到做夢都沒有想到這個標本將會引發可怕的事件，如癡如醉地追蝴蝶

的那個夏天⋯⋯

「那是我小學一年級的事⋯⋯」

老舊的家庭錄影帶出現在畫框中,我好像在說旁白般訴說起來。

「要花這麼長時間,才能去學校上課嗎?」

至附和著,喝了一口卡琵莉亞。

「彈珠真的很有情調。」

「有附注射器的昆蟲採集工具包⋯⋯」

「原來肖像畫和標本是同一個時期完成的⋯⋯」

「圖書館嗎⋯⋯」

「如果你當時拿到了木盒,不知道後來會怎麼樣⋯⋯」

「小一就成為學者喔⋯⋯」

「鳩山堂太厲害了⋯⋯」

「我也聽留美老師提過這一幕⋯⋯」

「爸爸,你聽我說⋯⋯」

「留美老師說,她決定成為畫家⋯⋯」

「就是因為、這個標本⋯⋯」

人類標本 250

杯子裡的雞尾酒已經喝完了，至也沒有再發出聲音。他熟睡的純潔臉龐，讓我回想起隔著新生兒室的玻璃，看到兒子時的樣子。

我端詳著他的臉片刻，從上衣口袋中輕輕拿出了裝了藥水的瓶子和注射器的盒子。剛才趁他去換衣服時，我偷偷藏在口袋裡。

我用針頭抽取了藥液。

至要成為蝴蝶。

我覺得父親托住了我顫抖的手。我把藥液緩緩注入至的身體。

當他醒來時，就會身處蝴蝶王國。蝴蝶不會殺蝴蝶。

據說蝴蝶沒有競爭意識，所以蝴蝶不會和其他蝴蝶爭鬥。

爸爸很希望可以自己發現這件事。

如此一來，就能夠更加坦然地和你分享蝴蝶眼睛的事。

各個種類的蝴蝶，都有各自出色的特性，但是，蝴蝶從來不會和其他種類的蝴蝶比較，牠們像呼吸一樣自然地運用自己的特性，和同伴聚集，找到自己的伴侶，留下子孫，在這個美麗的世界持續飛舞，直到生命的最後一天。

至閉起的雙眼流下了一行淚水。

我輕輕用指尖擦掉了他的淚水，似乎在消除他曾經是人類的證明。

251　　　　　　　　　　　　にんげんひょうほん

我沒做錯吧……？

我把臉埋進豎起的雙膝，出聲嘀咕著。這一次立刻知道是在向誰發問。

我在問殺了兒子的我自己。

在山上的房子處理完所有的事，回到家中之後，才得知留美在同一天去世，杏奈陪她走完了最後一程。電腦的電子信箱中收到了留美的秘書寄來的電子郵件。

既然留美已經死了，我用真實名字詳細記錄這一切，她也不會罵我了。於是我就開始用同一台電腦寫手記。想要隱瞞一個謊言，不是需要另一個謊言，而是用龐大的真實埋沒。我的書寫，是讓謊言埋沒在真實中，被真相吞噬。

這是為了扛下至的罪，同時讓自己的罪行得到處罰，獲得死刑判決——

人類標本

252

在會面室

剛被關進獨居房時，白色牆壁上的茶色或是灰色的污漬，就像是變成蝴蝶的少年臉龐。悲傷的臉、憤怒的臉、求助的臉。當我移開視線，又浮現其他少年的臉，好像在嘲笑般的笑臉。夏日的某一天，享受著青春，談笑風生的臉。五名少年，還有至的臉……

還有那些少年的家屬。為了演活異常者這個角色，我無法向他們道歉。

但是，原本只看到一張臉的牆壁，漸漸變成了色彩斑斕的世界。視覺終究只是反映大腦處理的資訊。在牢籠內每天重複身為動物最低限度的行為，曾經是人類的記憶逐漸淡薄，也許大腦判斷我已經不需要身為人類生存的視覺，於是就開始呈現自己想要看的、能夠輕鬆活在這個世界的影像。

一旦成為蝴蝶，身為一個人類的絕望就會消失。

一年中無論四季，白色的牆壁都是種滿高山植物的花田，至和那幾個少年都變成了蝴蝶，快樂地在我周圍飛來飛去。少年家屬的臉也都融入了這片景色，隨即又消失了。只要我沒有做出踰矩行為，就只會出現在一旁的獄警，也變成了在夏日山上的鍬形蟲或是獨角仙。

我只有一個心願。

那就是能夠作為蝴蝶，迎接在這個世界的最後一天。

人類標本　　　　　　　　　　　　　　　　254

但是，我無法徹底斷絕和人類之間的關係。雖然和死刑犯會面很困難，但想要和我會面的聲音，都以書信的方式送到我的手上。

甚至有人提出瘋狂的提議，想要把我寫的《人類標本》影像化。

有人說自己也會把其他人看成是蝴蝶，也有人說可以用自己發明的機器，讓被外星人控制的大腦恢復正常。難道是寫滿對惡魔憤怒的正常書信都被沒收，只有這種無害的胡說八道，才能夠通過檢查嗎？

我當然拒絕了所有的會面。一旦和人類見面，我就會變回人。

但是，我今天還是走去會面室。因為這次是一之瀨杏奈提出會面的要求。好朋友的女兒。兒子可能暗戀的對象，而且想把她做成標本。她不知道這些事，不知道至在她眼眸深處留下了什麼樣的身影。

不過，我並不是因為這種懷舊的心情，答應和她見面。

印了律師事務所名字的信封中，除了她寫的信以外，還有一幅印成明信片大小的畫。

一看到那幅畫，內心頓時泛起漣漪。我搞不清楚原因，感受著已經被忘記存在的心臟劇烈跳動著。我打開摺得很薄的信紙，上面果然寫了一行與這幅畫有關的內容。

『與這幅重要的畫有關，有事要告知。請務必同意和我會面。』

內心的浪濤與日俱增,只要稍微移開視線,整個人都會被吞噬、被沖走。

朝向會面室每走一步,就聽到「趕快回去」的聲音。「不要靠近──」這是身為人類,大腦有所本的警告?還是身為蝴蝶的自我防禦本能發出的聲音?

但是,我已經無法逃避膨脹的浪濤。

隔著讓我想起標本箱的壓克力板,杏奈已經坐在那一端。她身上那件哥德蘿莉塔風的白領黑色洋裝,雖然是黑色,但富有光澤的面料散發出和喪服完全相反的華麗感,如果要用蝴蝶來比喻,的確像是黑鳳蝶。

黑色長髮依舊,但她的臉看起來比記憶中更加成熟。她的一雙大眼睛和黑

「榊叔叔,你好。雖然在夏令營時,我都叫你『榊先生』,但是和媽媽聊天時,都會這麼叫,所以我現在也叫你『叔叔』。」

她用清澈的聲音對我說,擦了紅色口紅的漂亮臉蛋露出了優雅的笑容。

「隨便怎麼叫都可以。妳越來越像妳媽媽了。」

雖然我從來沒有看過美穿黑色衣服。

「我在兩個月前滿二十歲了。」

她說話的語氣天真無邪。

二十歲。那是至和我約定,要用柳橙口味的卡琵莉亞乾杯的年紀。當時覺得是

人類標本　　　　　　　　　　　　　　　　　256

永遠不會到來的遙遠未來，沒想到歲月流逝得這麼快。

「妳說有關於畫的事想要告訴我。」

看了她寄給我的那張畫，內心所掀起的波濤逐漸形成了一個假設。但是，如果這個假設正確（如果我是杏奈），她就不會來會面。我抱著一絲希望，希望這個矛盾可以粉碎我內心這個愚蠢的假設。

「你不恭喜我嗎？」

「我內心已經沒有這種感情了。」

「那你會原諒我嗎？」

她惺惺作態的語氣，聽起來就像是西洋老電影的配音。難道是為了不讓我察覺她內心真實想法所採用的策略嗎？不，是因為她在美國出生、長大的關係。

「妳說來聽聽。」

我用記憶中的方法擠出了笑容，但不知道有沒有成功。杏奈露出鬆了一口氣的表情，並不是呼應我的態度，只是按照事先準備好的劇本在表演。

「我繼承了我媽媽所有的遺產，包括在美國的和日本的。在我成年之前，都由我叔叔管理，在我滿二十歲之後，就可以由我判斷如何處理。我決定出售在日本的所有不動產，首先決定拆除山上的房子。因為那裡原本交通就很不方便，如果發生

過可怕殺人事件現場的房子仍然留在那裡，土地會很難出售。」

「拆除……」

原本打算不插嘴，但還是忍不住脫口嘀咕了一句。

「我知道那裡是叔叔小時候住的房子，也知道你在那裡度過了什麼樣的少年時代。因為我看了你的手記，但是，請你不要為此感到遺憾。我相隔六年，又重訪了舊地，那裡已經變成了一片廢墟，難以想像幾年前才重新整修過。目前竟然變成了試膽的鬼屋，不知道是否有人為了讓拍出來的影像更嚇人，很多家具都故意遭到了破壞，而且可能有人亂丟菸蒂，有些地方被燒毀了，連外婆的肖像畫也被燒掉了。」

雖然我對那棟房子沒有任何感情，忍不住皺起了眉頭，腦海中還是想起了佐和子阿姨的肖像畫，想像被火燒毀的瞬間，似乎隱約聽到了父親的吶喊。

「但是我沒有看到叔叔小學時做的標本。」

「可能是警方認為和事件有關，所以帶走了。」

「所以並不是你把標本藏起來了。」

「我不會做這種事……」

杏奈聽了我的回答，垂下了嘴角。

「但你卻把另一幅畫藏了起來？」

人類標本　　　　　　　　　　　　　　　　　　　　258

「你在手記上提到，所有用於『人類標本』的畫都銷毀了。」

「在畫室的地板下方。你特地挖起一部分地板，然後用塑膠布把畫仔細包起來師用於標本的那幅畫留了下來……我真的無法燒掉那幅畫。當時可能只有這個念頭。我決定把那幅畫藏起來。當時可能也許可以在執行死刑的那一天，告訴牧如果有人要我重現用於白瀨透標本的畫，就會立刻破功。不，如果這麼做，別人就會發現五名少年的標本和至的標本出自不同人之手。於世，看到至的才華的人，就會為他的死感到惋惜。如此一來，至的那幅畫，就可以作為遭到父親殺害的可憐少年留下的遺作公諸在製作標本後，我很後悔使用了那幅畫。即使至是為了那個目的完成了那幅畫，我也不應該使用。正如我在手記上所寫的，我可以自認也從父親身上繼承了才華，畫一幅蹩腳的畫濫竽充數就好。這個世界消失。這個世界上，只有至一個人能夠完成那幅傑作。我無法讓他才華的結晶就這樣從本所使用的那幅畫，可是，我沒有勇氣燒掉那幅傑作。至燒掉了製作五個人的標本時所使用的畫和裝飾品，我原本也打算銷毀至的標本被她找到了嗎？既然她拆除了房子，當然會找到。

259　　　　　　　　　　　　　にんげんひょうほん

後塞到地板深處，然後又把地板重新鋪回去。如果只有我一個人發現，會先把畫藏去其他地方，再來和你討論如何處理。可惜現場還有很多拆房子的工人，於是不得不報警處理。那幅畫上有血跡和體液的痕跡，所以雖然是在家裡發現的，但是警方無法把畫交還給我。」

「所以那幅畫得到了保護，很慶幸沒有在火災時燒掉，或是在拆房子時損壞。警方並沒有來問我關於這幅畫的事，顯然他們認為那並不是很重要的問題，即使他們以後來問我，我只要回答說，因為很喜歡自己畫的這幅畫，覺得燒掉很可惜就好。不會有人認為那幅畫可以推翻死刑判決。」

「妳不必放在心上，謝謝妳特地來告訴我。」

「聽你這麼說，我就放心了。那我就……」

杏奈從椅子上站了起來。

「等一下。」

杏奈完全沒有提到正題。難道是我們對「那幅畫」的見解不同嗎？

「妳寫給我的信中附了那幅畫，到底是什麼意圖？」

我把原本正面朝下，放在腿上的那幅明信片大小的畫放在平檯上，讓杏奈也可以看到。

人類標本

260

那是杏奈的肖像畫。一身黑色洋裝（有白色領子，下襬是淡紅圓點圖案）的杏奈站在那裡，身後是滿滿的蝴蝶在飛舞。

八成就是從露營場寄給回了美國的留美的那幅畫。

「因為我希望你能夠積極思考和我見面這件事，所以決定在寄信時，同時附上小禮物，像是蝴蝶的書，或是標本之類的。我想了很久，最後覺得至的畫應該很合適。因為你並不是因為恨他而殺了他，而且你的手記上也沒有提到這幅畫，所以我猜想你可能沒看過這幅畫。」

杏奈重新坐在椅子上，對著我嫣然一笑。她整了整裙子的皺褶。她站起來時我才發現，原本以為她身上的洋裝是黑色，但其實下襬有五公分左右的淡紅色圓點，和肖像畫中的洋裝一樣。

「妳寄給我之後，我才第一次看到。」

「太好了。因為我是這幅畫的模特兒，所以不太好意思稱讚，但是我覺得畫得很美，後方還畫了和洋裝相同的漂亮蝴蝶。我今天穿的洋裝，也是配合那幅畫特別訂做的。」

杏奈站了起來，飄然地轉了一圈，然後重新坐在椅子上。我現在也可以隱約看到她背後的翅膀。

「這件洋裝很適合妳。」

我用力閉上眼睛,然後緩緩睜開。她背上的翅膀已經消失了。不,其實我原本就沒有那種眼睛,無論對蝴蝶有多麼瞭解,都無法把人類看成是蝴蝶。當我專題研究指導的學生畢業,要送他們紀念品時,也都是參考他們的出生地,或是令我印象深刻的衣服顏色來挑選。

有這樣的眼睛的是⋯⋯

「對了,妳知道這種蝴蝶的名字嗎?」

我指著杏奈身後畫的蝴蝶問。

黑色的前翅上有白色斑紋,同樣是黑色的後翅上有淡紅色斑紋。

如果沒有畫這種蝴蝶,即使看到這幅畫,我的內心也不會掀起波瀾,只會想起可憐的兒子,因為自己的才華,和陷入了想要把自己畫得如此美麗的少女做成標本這種衝動的瘋狂交錯在一起,失去了控制。我會因為僅剩的人類感情,流下幾行眼淚。

但是,我只要看到蝴蝶,就能夠判別種類。即使是學生畫得很潦草的素描,只要畫出蝴蝶的特性,我就可以判別。更何況是至的畫,我絕對不可能看走眼。

「我不像叔叔⋯⋯和媽媽,對蝴蝶不太清楚,是不是黑鳳蝶?」

人類標本

262

「這是翠紋鳳蝶。」

「翠？我曾經……對了,叔叔,你不是覺得至像黑鳳蝶,和這種翠什麼的蝴蝶嗎?」

「沒錯,妳記得真清楚。」

「因為你的手記上也提到了我的名字,我重複看了好幾次。」

「關於這件事,很對不起。對於活著的人,即使沒有做壞事,我也不應該用真名。但是,我看了這幅畫,發現我還犯了其他錯誤。」

「哪裡有錯誤?」

杏奈臉上的笑容消失了。

「就是至像哪一種蝴蝶。至既不是翠紋鳳蝶,也不是黑鳳蝶,而是紅珠鳳蝶。」

杏奈臉上的緊張消失了,似乎有點失望。

「那是至以前喜歡的蝴蝶,他不是對你說,翠什麼的蝴蝶能夠代表現在的他,但喜歡的是黑鳳蝶嗎?」

杏奈吞著口水。

「妳的確看得很仔細,所以妳也知道翠紋鳳蝶有毒。」

「我記得至說的話中,有提到這個部分。」

「那妳知道紅珠鳳蝶的特性嗎?」

「不知道。」

「因為我的手記上並沒有提到。那妳聽過『擬態』這兩個字嗎?」

「就是模仿或是假裝的意思嗎?」

「妳在美國生活多年,沒想到日文也這麼好。蝴蝶的擬態,通常是無毒的蝴蝶模仿有毒的蝴蝶。妳認為無毒的蝴蝶為什麼要假裝是有毒的蝴蝶?」

杏奈微微歪著頭。如果這裡是山上房子的客廳,至也在一起,不知道會表現出什麼態度?

「爸爸,你別說了,杏奈看起來很為難。腦海中的至已經是成年人的樣子,穿著我買的黑色西裝,繫著那條淡紅色的領帶很好看。但是,那個淡紅色並不是翠紋鳳蝶的紅色。

「是為了保護自己不被鳥之類的吃掉嗎?」

「妳說對了。紅珠鳳蝶是無毒的蝴蝶,但會偽裝成有毒的翠紋鳳蝶。如果至是紅珠鳳蝶,他是偽裝成誰呢?」

杏奈隔著壓克力板,看著自己的肖像畫。

「你想說是我嗎?」

人類標本　　　　　　　　　　　　　264

「這只是假設而已。」

現場並非只有我們兩個人,我必須小心說話,避免在一旁屏息斂氣,豎起耳朵的獄警(今天是人的樣子)阻止。

「如果是這樣,可以請妳告訴我,他為什麼需要擬態嗎?」

「我才想知道為什麼。」

杏奈鎮定自若地回答,我瞪大眼睛看著她。她看起來不像在顧左右而言他,從她嚴厲的眼神,可以感受到她作好了心理準備。

「所以妳承認妳是有毒的蝴蝶嗎?我已經接受了死刑,也可以說我渴望死刑。」

她默然不語,完全不眨一下地盯著我的那雙眼睛,能夠看到和留美相同的色彩嗎?我從來沒有問過她這個問題。

她白皙的脖子緩緩向前傾。

明明只是假設得到驗證而已,但後腦勺好像突然遭到了重擊,眼前一片漆黑。

「這樣就行了,趕快說話——大腦發出命令。

「為什麼?」

「因為我想成為接班人。」

視野漸漸恢復,但是,耳朵不聽使喚。無論自己的聲音還是杏奈的聲音都很模

265　にんげんひょうほん

糊，好像在水裡說話。也許是因為這個原因，雖然她的話很簡短，但我花了一點時間，才終於能夠理解。

「妳是說，留美當時⋯⋯」

「叔叔，不好意思，用日文交談太累了，有些單詞也無法理解。我事先已經申請過⋯⋯」

杏奈向獄警的方向瞥了一眼。

「在山上的房子舉辦夏令營的第一天，宣布要挑選接班人。」

她說的不是英語，而是葡萄牙文。

「我爸爸是在巴西出生的日裔第二代，聽說是東北地區深山的村莊。獄方似乎認為不需要聽得懂的職員陪同，我可以繼續說下去嗎？我用手掌輪流用力拍著兩個耳朵，好像要把耳朵深處的水拍出來。

我最後一次使用葡萄牙文是什麼時候？

「我聽得懂，妳繼續說下去。」

我硬是撬開了丟棄在腦海深處的抽屜，擠出了結結巴巴的葡萄牙文。

「我從小就為了得到媽媽的稱讚不停地畫畫，但媽媽總是說，妳的畫很無趣。」

是因為在幼兒教育班上，老師對我說：「妳不愧是留美的女兒，妳的天賦是繪畫的

人類標本　　266

才華。」所以我沒有放棄,持續努力,即使我的素描畫得更好,媽媽也說我只是在模仿。』

當我對至還不到三歲,就要送去美式幼兒教育課程這件事面露難色時,留美不是曾經對我說「父母必須發現孩子的天賦,經常稱讚,充分培養他們的天賦」嗎?

『媽媽生病之後,我除了照顧她的身體,也協助訂購畫材用品,在工作上輔佐媽媽。她突然說要來日本時,我也向高中提出休學,和她一起來日本,協助繪畫教室和舉辦講座的工作。即使我勸她好好休息,她也完全不聽我的意見,所以我只能陪在她身旁照顧她。對我來說,這種生活很幸福。因為在她生病之前,經常不在家裡,我只能一邊畫畫,一邊等她回來。』

雖然我想像著杏奈的樣子,但是她獨自畫畫的背影,漸漸變成了至的背影。

『媽媽那次也是突然對我說,要舉辦夏令營。因為日本有外公建的房子,所以我根本不知道她買了山上的房子,但聽了之後,覺得很有趣,我也準備一起畫,沒想到媽媽對我說,我是模特兒。她說因為參加夏令營的都是同年的男生,我當模特兒,他們應該會很高興,還要我準備拿手的檸檬水給大家喝。我以為只是在避暑勝地享受夏天的活動……』

留美在宣布這件事時,我剛好也在場,觀察了包括至在內的所有少年表情的變

化，但我不記得杏奈當時露出了什麼樣的表情。八成是我沒有看到她的表情，完全沒有對「不讓自己的女兒當接班人？」這件事產生疑問。

如果佐和子阿姨宣布同樣的事，我可以想像留美衝出客廳，跑向通往後山路上的花田，流下血淚懊惱的樣子。

也沒有想到她好不容易生了女兒，為什麼不是自己的女兒？

杏奈微微皺起眉頭。

『五個人都是男生，都沒有那種眼睛。』

『包括至在內，總共不是有六個人嗎？』

『邀請至參加，只是媽媽為了請你去山上房子的藉口。在你離開之後，媽媽請至擔任評審，而且，送到山上房子下面的壓克力箱也只有五個，就是最好的證明。』

媽媽對其他五個人說「這要裝你們自己的作品，所以搬的時候要小心」，然後請至搬了一個裝了其他東西的大紙箱。』

『等一下。』

我想起了至的「自由研究」。雖然我想確認有出入的地方，但我不該說出至寫了哪些內容。我已經用和大學的極機密資料相同的方法刪除了，目前只留在我的腦海中。

人類標本　　　　　　　　　　　　　　　　268

「我瞭解了，妳繼續說下去。」

「但是，我想你也知道，媽媽因為身體突然出了狀況，緊急送醫住院了。她決定趁自己還有體力時回美國，我認為這是大好的機會。於是趁媽媽不在病房時，把媽媽交給了專屬的護理師，以及會去美國的機場接媽媽的秘書和事務所的工作人員，我沒有搭上飛機，而是回到了山上的房子。我發誓這次不是模仿別人，而是要把人做成漂亮的標本，完成這種媽媽想不到的極致作品，讓媽媽認同我就是她的接班人。」

我忍著暈眩。杏奈說的這些話讓我有似曾相識的感覺，是因為「自由研究」中的很多文章，都有類似的內容。

「妳把這件事告訴至，請他協助妳嗎？」

缺乏個性、第三隻眼睛。難道那不是至自己內心的聲音，只是為了擬態杏奈所寫的嗎？

「不，我根本沒有叫至去山上的房子，他是自己來的，說要在那裡畫畫。他說在夏令營臨時喊停之後，他去見了另外五個人中的其中幾個人，似乎受到了刺激，打算畫一幅相同的畫，想要成為接班人的候選人之一，請留美老師過目。」

原來至真的去和其他幾個人見了面，為了親眼目睹競爭對手的作品。他想要畫

畫的想法很強烈,所以他在「自由研究」中所寫的內容,是他自己的想法,他應該也很想搬壓克力箱。

『至去了山上的房子之後,妳沒有考慮放棄這個計畫嗎?』

「雖然他的出現讓我很傷腦筋,但是我並沒有放棄計畫。他還聯絡了其他五個人,說要給我媽媽一個意外驚喜,於是其他人也在同一天來到山上的房子,他們還嚷嚷著「又多了至這個對手,競爭越來越激烈了」、「所以你是認真的嗎?」幾個人有說有笑,蒼還為有藉口不去補習班上課感到很高興,黑岩大說他帶了之前聽人說的卡夏薩酒和哈密瓜,一副輕浮的態度,根本不瞭解成為接班人候選人的價值。」

『原來卡琵莉亞雞尾酒也不是至準備的……』

「原本我打算在檸檬水裡加安眠藥,最後決定改用卡琵莉亞。最棘手的黑岩大最先睡著,至笑著說「和我爸爸一樣」。』

『我確認所有人都睡著了,所以他當時想起了我的臉。」

他們注射,在確認他們都死了之後,搬去畫室。當我舉起斧頭,準備砍向蒼的身體時,至走了進來。他似乎聽到我從壁爐中把斧頭拿出來的聲音醒了過來,然後就悄

人類標本

270

悄跟在我身後。我很後悔當時沒有把至也一起綁起來。至受到的衝擊可想而知。

『他嚇得雙腿發軟，說不出話，只是無聲地重複說著「住手」。雖然我曾經想過為他注射藥劑，但這就變成了純粹的殺人。』

杏奈面不改色地說了「殺人」這兩個字。

『妳對那五個人的行為，也是殺人。』

『你不是在「人類標本」中寫了如何將殺人行為，變成追求極致藝術的必然行為的思考過程嗎？實際上你只完成了至的標本而已，而且你根本不是畫家。看了你的文章後，我非常認同，因為我的腦海中完全就是這種狀態，我甚至有點害怕，覺得你是不是有特異功能。』

因為完全是虛構，所以才有辦法那麼寫。就算自我催眠，至也變成了蝴蝶，但是人類的屍體發出的臭味、皮膚的觸感，以及打木楔時的衝擊全都纏繞著我，滲入我的身體，也向外擴散，至今仍然揮之不去。

『我沒有殺至，而是掄起沾到鮮血的斧頭嚇唬他，把他綁了起來。因為我找不到膠帶，所以沒有辦法封住他的嘴。標本都有設計圖，我貼在牆上，他似乎知道我想要做什麼。於是我就拜託他，等這一切都結束之後，他要我做什麼都可以，而且

271　　にんげんひょうほん

我也會去自首。在我把完成的作品照片寄給媽媽之前,請他不要告訴別人他目前看到的事。』

『至說什麼?』

『他哭了,但對我點了點頭。』

不知道至從杏奈的身影,從她的眼中看到了什麼。即使她沒有說出自己想要成為接班人,至也感受到了嗎?

『我無視至,繼續開始作業。但是,骨頭真是太硬了,皮膚也很難砍斷,而且斧頭上沾了血,更增加了難度。我對著蒼的肚子連砍了幾次,聽到了至的聲音。他大聲要我住手,說蒼太可憐了,叫我剪斷綁住他的尼龍束帶,他來做這些力氣活。』

我想起了至小心翼翼地從昆蟲箱中拿出捕獲蝴蝶時的動作,並不是因為做標本不能傷到翅膀,而是他憑著卓越的洞察力和想像力,對蝴蝶的疼痛產生了共鳴。

『我花了整整兩天完成了作品,然後去了露營場,準備把手機拍的照片傳給媽媽,發現媽媽的秘書發了好幾封電子郵件給我,問我在哪裡,說媽媽的身體更加惡化,要求我馬上回去美國。至為了監視我,也跟我一起去了露營場。他答應我,會遵守和我的約定,然後當天就送我去了機場。應該說,他是監視我去了機場。那天

人類標本　　　　　　　　　　　　　　　　　　　　　　272

之後，我就沒有再見到他。媽媽去世後不久，我收到了那幅肖像畫，我打算聯絡他，結果看到了日本的新聞，在我熟悉的露營場附近發現了遺體⋯⋯」

杏奈閉上眼睛深呼吸，然後緩緩睜開眼睛。

「我知道你叔叔去自首了，也知道你把名為『人類標本』的手記上傳到小說投稿網站上，而且內容很詳細⋯⋯為什麼？」

突如其來的日文，聽起來像是陌生國家的語言。

『不瞞妳說⋯⋯至在暑假時，以「自由研究」的方式，寫得好像是他一個人在山上的房子製作「人類標本」，也詳細記錄了當時的心路歷程。我看了之後，完全相信了他寫的內容。』

「這些內容無法用日文說。」

『所以你就把至做成標本，然後說全部都是你做的嗎？』

『除此以外，我想不到其他方法。』

『你發現至是你的失敗品，所以毀了他嗎？』

『開什麼玩笑！這是身為父母的責任，是愛。我們父子一路走來，都相依為命⋯⋯』

「我知道不能從中尋求救贖或是崇高的價值。」

『背景的畫也是你畫的嗎?』

『妳有什麼資格問這種問題!這一切不都是妳造成的嗎?』

在我大聲說這句話的瞬間,有什麼東西應聲斷了。獄警看了過來。

『對不起……畫根本不重要。』

我並沒有想低頭道歉,但腦袋突然變得很沉。我低著頭,好像有巨大的岩石壓在我的後背,我無法挺直身體,只是把頭抬了起來。

我以為這個美麗的冷血殺手露出了優雅的笑容,卻看到一張膽怯的臉。爸爸,不要這樣。如果至在這裡,也許會張開雙手,擋在我面前。不,如果至在這裡,我不會大聲說話。

鎮定。不要輕易認定她有病態人格,不能被這種想法困住。不要光憑想像了斷這一切。不要只相信眼前的東西,這是多麼愚蠢的事……

一之瀨杏奈當時只有十四歲,是一個無力的少女。

『你為什麼不嚴厲責備我?因為有獄警在嗎?如果你之後想控訴我,請你現在就痛罵我。』

『我剛才不是已經說了嗎?我渴望死刑。至之所以會死,都怪我無法完全相信他不可能殺人。至於妳……我只有憐憫。』

人類標本

274

『什麼意思？』

『妳是不是也在擬態？』

杏奈倒吸一口氣的聲音傳入我的耳朵深處。我沒有時間等她說出隱瞞的事。

『因為我也做了一個標本，所以很清楚。雖然你們兩個人一起合作，但是如果事先沒有做好充分的準備，不可能兩天就完成。至在「自由研究」中提到，把遺體放進了冰箱，但是省略了關鍵的製作過程，可能是為了讓人覺得他花了很長時間，一個人完成，所以特地回家裡拿了相機，使用底片拍照，讓人無法瞭解是什麼時候拍了哪一張照片。我不知道哪一天做了哪一個標本，因為必須考慮屍僵的問題，不知道實際是不是按照「自由研究」上所寫的順序製作，為了避免遺體被發現後，警方的鑑定和我的手記有出入，所以我在這件事上只能含糊其詞。』

『順序和你的手記上寫的一樣。』

杏奈無力地說。

『而且材料也太齊全。畫布和道林紙的尺寸雖然不是能夠立刻買到的現成品，但也可能是事先為了讓那幾個少年畫畫所訂購的，壓克力箱也一樣。但是，其他東西不像是展示畫時所使用的裝飾品，姑且不論十字架或木楔，蜜蠟膜要派上什麼用場？妳剛才說有設計圖，這些東西顯然是為了製作標本所準備的。』

275　にんげんひょうほん

『我很久之前就有這樣的計畫,也畫了設計圖。妳甚至不知道妳媽媽買了山上的房子。趁妳媽媽身體出問題時,妳決定付諸行動,在哪個時間點做這些準備工作?』

『還有其他有問題的地方。』

『雖然目前是什麼東西都可以網購的時代,安眠藥也就罷了,一個中學生,可以輕易張羅到 Colforsin Daropate 嗎?』

『至甚至沒有信用卡。』

『有辦法在兩天之內,完成所有背景的畫嗎?石岡翔的背景畫,必須在把他埋進水泥之後再畫,所以是妳或是至畫的吧?那不是只有一、兩張而已,而是有十張。白瀨透的背景,兩天的時間或許能夠完成,但是黑岩大的畫呢?那不是只有一、兩張而已,而是有十張。如果不是花時間臨摹,就是在夏令營之前,把道林紙寄給黑岩大,讓他畫了那些畫吧?但是,我在露營場接他們時,黑岩大一身輕裝,所以是他第二次去山上房子時帶去的嗎?而且標本最上方的那幅畫,在指出他問題的清單上,並不存在女生不為他流淚的項目。那也是妳自己在家裡畫的嗎?』

杏奈的脖子完全沒有任何動作,咬著嘴唇看著我。

『沒錯。因為有冰箱,並不需要在兩天內完成。』

人類標本

我忍不住嘆息。她為什麼堅稱自己是主謀？我指出這些矛盾之處，並不是為了把她逼入絕境。

『妳一個人研擬了這個計畫嗎？』

「對。」

她聲音沙啞，用日文回答，我感受到她的疲憊。我也決定改用日文說話。因為必須正確傳達這句話。

「妳完全缺乏蝴蝶相關的知識。妳說說用於『人類標本』的那些蝴蝶的名字，還有牠們的特性。」

她看了手記不止一次，是有可能答得出來，但卻連翠紋鳳蝶的名字也沒有明確記住，而且我說了一次之後，她再提到時，也只是說「翠什麼的」。

「我不知道。」

她終於舉了白旗。她可能有辦法說出紋白蝶，但說不出其他的名字，所以只能投降。

由於家中消失的蝴蝶標本，和「人類標本」所使用的蝴蝶標本一致，所以我之前放棄思考其他可能性。不僅如此，我在手記上也提到過這件事，卻沒有把兩件事結合起來。

にんげんひょうほん

「以前,我曾經送過留美蝴蝶標本。」

原本低著頭的杏奈驚訝地抬起頭。

「尖翅藍閃蝶、休伊遜彩裳蛺蝶、紅肩粉蝶、紋白蝶、大白斑蝶,還有其他很多種類。」

「但是,其中並沒有翠紋鳳蝶和黑鳳蝶。」

『是留美建立了製作「人類標本」這麼可怕的計畫,準備了必要的物品,然後邀請那幾名少年到山上的房子,想要執行這個計畫,對不對?』

杏奈的眼神飄忽起來。她腦袋中的劇本已經無法繼續使用。

「沒⋯⋯錯。」

「那些畫,也是她畫的。」

杏奈垂頭喪氣地點了點頭。

「然後她託付給妳。」

「對⋯⋯」

「什麼時候?」

「就是媽媽被送去醫院的那一天,你回去之後,病房內只剩下我和媽媽兩個人。」

人類標本　　278

留美才是有毒的翠紋鳳蝶，杏奈也是紅珠鳳蝶。至於沒有發現杏奈是在擬態，以為杏奈是翠紋鳳蝶，所以就自己擬態成為翠紋鳳蝶。我也一樣，我也沒發現至於擬態，毫不懷疑至是翠紋鳳蝶，於是選擇了擬態。

我為了至，至為了杏奈，杏奈為了留美……為什麼？

「留美對妳說了什麼？」

杏奈移開了視線，不願正視我的眼睛，然後看著半空，好像留美就在那裡，好像在徵求留美的同意，「我可以說嗎？」最後彷彿得到了ＯＫ的回答般輕輕點了點頭，轉頭看著我說：

「為了證明一之瀨留美帶著天賦來到這個世界，直到最後一刻，都是藝術家，必須挑戰最後的作品。所有準備工作都已經就緒，我已經無法出院回到家裡了，杏奈，所以我只能託付給妳。」

「妳立刻回答說Ｙｅｓ嗎？」

杏奈拚命搖著頭。

『我對媽媽說，我做不到，我沒辦法殺人。』

如果是我，應該也會這麼回答，即使是心愛的人最後的心願也一樣。

不，即使是臨終，我也不會把這種事託付給自己的孩子。

即使她一度為這個惡夢而瘋狂，難道她不認為自己無力做到，就是上天的啟示嗎？

杏奈拒絕了她。雖然這是正確的回答，但需要很大的勇氣。

『媽媽說，日本的法律對未成年人很寬鬆，我一定會無罪釋放，而且，媽媽說她挑選的都是死有餘辜的壞孩子，和想死的孩子，也把挑選每個人的理由告訴了我。』

「留美說什麼？」

『妳把這些事告訴了至。』

我只能仰望天空，但是，惡魔在那裡。

『在用蜜蠟膜處理蒼的切口時，用水泥固定翔的下半身時，用針刺黑岩大的那裡時，用斧頭砍下輝的脖子時，用和紙繞在透的身體上時，我把他們的事告訴了至。因為至在哭，所以我想消除他的罪惡感。』

至的確打電話約了少年見面，但可能並沒有目擊到縱火的現場。杏奈也沒有說，至和五個人都見了面。

他們之間並沒有很熟，即使會分享曾經偷喝酒的事，也不可能說出吸毒這種事。姑且認為有可能找到瀏覽次數很少的影片，但有可能不是根據舞蹈使用的配樂，

人類標本　　　　　　　　　　　　　　　　　　　　280

而是光看骨骼,就聯想到自己根本不認識的搖滾明星嗎?

即使是再親切的老人,有可能第一次看到孫子的朋友,就說出女兒試圖帶孫子一起自殺未遂的事嗎?

那個BW粉絲的老婦人,真的存在嗎?在當今這個匿名的時代,會有人在光天化日之下,在公園內,用坐在隔壁長椅上的人也可以聽到的音量,說某個特定人物的壞話嗎?

「至有什麼反應?」

『他沒有說話。不光是當時,他幾乎從頭到尾都沒有說話,只有簡短地說了幾句像是「按住這裡」,或是「蝴蝶的方向反了」之類有關作業的話。』

至的心已死。既然這樣,為什麼要成為幫凶?如果看到遺體被如此蹂躪感到痛心,他明明可以逃走。

『我還是想確認這件事。』

『什麼關係是指?』

『妳和至到底是什麼關係?』

『比方說,至愛上了妳,妳用某種行為回應了他的愛。』

『在我的假設中,我懷疑至被毒蝴蝶迷惑了。』

『完全沒有這種事。雖然我對他說,只要標本完成之後,他要我做什麼都可以,但是,他沒有要求我做任何事。我完全不知道他在想什麼,也無暇去想這件事。』

『你們是不是在消磨心神的作業中,建立了感情?』

『只有我想要完成標本,但在拍完最後的照片後,我忍不住哭了。那時候,他撫摸了我的頭。因為這是這輩子第一次有人這麼對我,所以我很高興,不過我知道他並不是因為喜歡我而這麼做。』

『是這樣嗎?至年紀還小的時候,每次他哭,我都不知道怎麼安撫他,於是只能撫摸他的頭。也許至面對哭泣的人,只想到要這麼做。他會對沒有好感的人做出這個行為嗎?』

『這輩子第一次⋯⋯我發現自己忽略了重點。』

『妳從留美口中得知那五名少年背地裡做的事,和不為人知的一面,就相信了嗎?』

杏奈再度看向半空中,但是這次沒有點頭,而是低下了頭。

『當妳像這樣陷入沉默時,留美是否說了什麼推波助瀾的話?』

人類標本

282

杏奈抬起了頭，我一時以為是留美的臉。

『接班人……媽媽對我說：「我的接班人自始至終就只有妳一個人。對不起，以前對妳這麼嚴格，因為我相信妳一定不會辜負我的期待。我真心愛妳，我很感謝上天，讓妳成為我的女兒。只要這個計畫成功，我就會正式對外公布，妳就是我的接班人。我原本就打算在我們共同完成作品之後這麼做，這是我最後的心願。只要能夠完成這個心願，我就此生無憾了。」』

『那是惡魔的詛咒。』

『留美有沒有遵守約定？』

杏奈難過地搖了搖頭。

『至少我並沒有接到她的通知。就算是我沒有注意到，但如果留美正式對外公布，留美的秘書寄電子郵件給我，通知留美去世的消息時，應該也會提到這件事。』

『她該不會只有慈惠妳而已？』

杏奈又搖了搖頭。

『因為計畫還有後續的部分，但是我並沒有執行。』

『還有什麼目的？』

我完全無法想像。

『我可以說出來嗎?』

『這個世界上並不會有比至實並沒有殺人這個事實對我打擊更大了。』

杏奈露出同情的眼神看著我。

『媽媽要我把完成的標本給榊史朗,也就是給你看。不是照片,而是實物。』

『這個可怕計畫的最終目的是我?』

『為什麼?』

『我不知道。當時我覺得和之前的行為相比,這件事根本不重要,所以我回美國時,也覺得只要寄照片給你就好,用我媽媽的名義。而且,我已經用手機傳了照片給媽媽,我想搞不好媽媽已經傳給你了。但是……』

『我並沒有收到。如果我收到那些照片……』

『至知道這件事嗎?』

『我沒有告訴他。在我的計畫中,並沒有要讓榊史朗看的這個目的。』

『杏奈為什麼堅持是她一個人的計畫?』

『留美說什麼?』

『她對我完成了標本這個事說了謝謝,但當我告訴她,我沒有讓你親眼目睹,她就罵我是廢物,果然是失敗的作品。這就是她對我說的最後一句話,之後,秘書

人類標本　　　　　　　　　　　　　　　　284

和事務所的工作人員走進病房，她絕口不提要讓我成為接班人這件事，只是對其他人說，拜託他們照顧我，要像愛她一樣愛我，假裝是一個很愛女兒的母親，然後就斷了氣。』

她在說這件殘酷的事時，沒有流一滴眼淚⋯⋯

「杏奈，妳⋯⋯」

她之後過著什麼樣的日子？我曾經想像她逃避罪責，逍遙自在的樣子，忍不住想要撕毀她的肖像畫，但是，現實⋯⋯她為了完成母親的心願，不惜殺了人，卻被罵是廢物的失敗作品。

她所做的一切到底是什麼？至也成為了幫凶，而且還扛下了所有的罪。

「對了，媽媽曾經向秘書提起你，說她死了之後要第一個通知你。因為是你讓她發現自己的眼睛是上天恩賜的天賦，為她打開了成為獨一無二藝術家的大門，也是世界上唯一理解她的人。」

那個標本果然是「人類標本」的根源嗎？小學一年級的學生，為了暑假作業製作的垃圾，竟然是一切的根源？甚至毀了那幾個孩子的命運⋯⋯

「叔叔，我該怎麼辦？」

杏奈來申請和我會面，是不是為了問我這個問題？在山上的房子找到的那幅畫只是藉口，其實是想要向我懺悔，想要獲得我的原諒。

「妳目前在做什麼？」

「如果是問我的身分，我目前是大學生。」

杏奈從皮包裡拿出了她剛才進來這裡時，應該也出示過的學生證放在我面前。是留美曾經擔任客座教授的美國知名藝術大學。

如果至還活著……

「妳有沒有接受心理諮商？」

「沒有。」

「最好去諮商一下。」

要擺脫留美的詛咒……

「妳要變回人類。」

「我相信這也是至的希望。」

「藝術家並不是繼承別人的才華，妳可以憑自己的才華成為先驅者。」

「謝謝。」

杏奈深深鞠了一躬，頭抬到一半時停了下來。她似乎看到了至為她畫的肖像畫。

「叔叔，最後可以請教蝴蝶博士的你一個問題嗎？」

「什麼問題？」

「肖像畫中的翠什麼的蝴蝶的圖案，和我洋裝下襬的圖案，為什麼不一樣？」

我拿起明信片仔細打量。我聽不懂她在問什麼。

「我看到的都是淡紅色。」

「是嗎？如果是實物，可以更清楚發現兩者的差異。」

「該不會……？」

「妳身上這件洋裝的圖案是？」

「我很喜歡這種紅色到淡粉紅色的漸層。」

果然是這樣。

「妳的眼睛從什麼時候開始變成這樣？」

「天生就是這樣。」

「不可能。妳之前並沒有這種眼睛，但是妳不想被留美發現，所以模仿了她的色彩運用。正因為妳嘔心瀝血，持續努力不懈，才會這麼想成為她的接班人。」

杏奈隔著壓克力板，看著我的臉。

「果然逃不過叔叔的眼睛，不知道媽媽想透過那種只是讓人感到可怕的東西，

287　にんげんひょうほん

「讓你這雙眼睛看到什麼。」

杏奈站了起來，但又把臉湊了過來。

『在我把斧頭砍向蒼的身體的瞬間，我感到很驚訝，難道只有蒼的鮮血是特別的顏色嗎？所以透的背景所使用的畫並不是模仿。因為事先多準備了兩塊畫布，所以我燒掉了媽媽事先準備的背景畫，那是我畫的，是我的作品。』

杏奈說完這句話，頭也不回地走了出去。

我也走出會面室。獄警為我繫上了繩子，我走向獨居房。

上天恩賜的眼睛會因為真相不明的契機突然打開。

杏奈雖然被留美拒絕，但她並沒有崩潰的原因，是因為她藉由製作標本，擁有了這樣的眼睛。然後一定是在面對自己必須完成的功課時，發現了一件事。

留美失去了那樣的眼睛，為此掙扎、痛苦。

而且，留美再次向榊史朗求助。

妳如何看待這件事？我是讓妳成為殺人凶手的元凶，妳對於讓我的兒子協助妳製作標本，又有什麼感想？

如果留美的身體狀況沒有突然變差，至是否能夠置身事外？也許留美會對他說，

人類標本　　　　　　　　　　　　　　　　　　　　　　　　288

你爸爸在東北地區的深山遇難了，你趕快去看爸爸。

不，其實還有生路。

至……你用那雙眼睛在杏奈身上看到了什麼？不僅協助了她，甚至一肩扛起了所有的罪行。

為什麼在製作標本之後，仍然完成了肖像畫，寄給留美？

蝴蝶的圖案和洋裝上的圖案，兩者的顏色不一樣。那是翠紋鳳蝶。擬態。難道想要藉此表示杏奈是紅珠鳳蝶嗎？和自己……

因為你知道杏奈和自己是同種，所以決定助她一臂之力。

你把那幅畫寄給了留美，是為了用委婉的方式，告訴能夠識別兩種紅色的不同，同時具備蝴蝶相關知識的留美，你已經知道是她指示杏奈製作那麼殘酷的標本嗎？

既然這樣，為什麼沒有和我商量？

我又為什麼沒有發現？

剛才在杏奈面前，自以為是名偵探，說得頭頭是道，為什麼當時沒有想到這些？

太多矛盾了。

一個人搬空的壓克力箱也很費力，他一個人怎麼把五個完成的標本搬去拍照的地方？我在通往後山半路的花田組合至的標本時，為什麼沒有對這件事產生疑問？

289　　　　　　　　　　　　にんげんひょうほん

太多矛盾了。

我能夠理解埋葬那些少年的屍體這件事，但是為什麼要把壓克力箱子洗乾淨後放回倉庫？明明製作了杏奈計畫的所有標本，完全沒有隱瞞這些罪行，為什麼還要這麼做？

是為了誘導我──

為了顯示至少還可以再製作一個標本，讓我以為總共有六個壓克力箱子。

至為了讓自己變成標本而誘導了我。

至寫「自由研究」不僅是為了保護杏奈，更是為了讓我知道，讓我以為，至是連續殺人犯。

他把蝴蝶標本從牆上拿下來，用舊相機拍照，把照片掛在暗房內都是為了這個目的。他說自由研究很累，欲言又止地說自由研究的主題是蝴蝶的標本，筆電的密碼設定為我們前一刻聊過的蝴蝶名字，都是為了這個目的。

如果要選代表自己的蝴蝶，就是翠紋鳳蝶，但喜歡的是黑鳳蝶。

翠紋鳳蝶的標本是雄蝶，黑鳳蝶的標本是雌蝶。

假裝要製作杏奈的標本的便條紙和日期。

畫了一幅即使作為自己標本背景，也完全不會有任何不協調的畫，都是為了這

人類標本　　290

個目的。

然後是最後的晚餐——為什麼？

至並沒有殺人。但是他的心理狀態難以承受砍斷遺體、裝飾標本的行為。所以，

他渴望——

他渴望我親手把他做成「人類標本」。

不，不是這樣，這只是我一廂情願的想法。

至雖然誘導了我，但他是不是也同時冒險賭一把？他把生死交給我決定。

只使用黑鳳蝶就可以達到目的，但至還特地放了翠紋鳳蝶，他認為我會發現擬態，他不是還問我領帶的淡紅色是紅珠鳳蝶，還是翠紋鳳蝶？

如果他決定喝了卡琵莉亞後沉睡還可以醒來的話，就向我坦承一切呢？

一切都是我的錯。

就算他是殺人魔也沒有關係。既然已經為他訂了機票，即使把他五花大綁，即使餵他吃安眠藥，也應該讓他去巴西。

只要他活著就好。

什麼讓他變成蝴蝶！標本根本就是裝屍體的盒子，和埋葬前的棺材有什麼兩樣？我為什麼會迷上那種東西？為什麼製作標本？蒐集標本？我一輩子都在追求自

291　にんげんひょうほん

己的雙眼無法看到的世界，為此奉獻了整個人生，最終失去了什麼？是身為人類的心愛兒子。至、至、至……

「至！！！！！！！！！！」

我發出了像野獸的咆哮般吶喊的同時，巨大的異物從我身體滑落出來。

我的身體被幾名獄警按倒在地，我感覺到針頭刺進了我的手臂。

在漸漸模糊的意識中，最後看到從我身體滑落的醜惡黑色異物，變成了巨大的鳳蝶，飛上了天空。

我不知道自己睡了多久，在醫務室的床上醒來時，白色天花板映入我的眼簾。

獄方准許我回去獨居房。我想要回到那個舒適的房間。

但是，那裡已經變成了和我去會面室之前完全不同的空間。

白色牆壁，茶色和灰色的污漬。

閉上眼睛。三原色、紫外色、蝴蝶的眼睛。這些文字浮現在腦海，但隨即碎裂。

睜開眼睛。白色牆壁、污漬、獨居房。白色牆壁、污漬、獨居房。白色……

我將在這裡結束此生——作為一個人類。

但是，如果在最後一天，能夠滿足我的一個心願，我想要看一看至畫的那幅通

人類標本　　　　　　　　　　　　　　　　292

往後山路上的花田。
那麼我就會覺得，接下來要去那裡。
我就會覺得，可以見到至

解析結果

在俗稱「人類標本」殺人事件犯案現場的房子地板下方，找到了第六案所使用的繪畫，經科搜研解析後，發現那幅畫下方寫了文字。

在揮下斧頭的瞬間，我已經不再是人。

這份罪過是父愛。祈願能夠得到世人的寬恕。

爸爸，請你把我做成標本。

主要參考文獻與網站

- 《人類所見的世界・蝴蝶所見的世界》（ヒトの見ている世界　蝶の見ている世界）　野島智司（青春出版社）
- 《蝴蝶與蛾的神奇世界》（チョウとガのふしぎな世界）　矢島稔（偕成社）
- 《沒有武器的蝴蝶如何戰鬥：在對手看不見的世界中》（武器を持たないチョウの戦い方　ライバルの見えない世界で）　竹內剛（京都大學學術出版社）
- 《世界上最美的蝴蝶圖鑑：為了尋找花朵與水邊而四處飛舞》（世界で一番美しい蝶図鑑　花や水辺を求め飛び回る）　海野和男（誠文堂新光社）
- 《日本的蝴蝶》（日本のチョウ）　日本蝴蝶保育協會編（誠文堂新光社）
- 《令人心動的蝴蝶圖鑑》（ときめくチョウ図鑑）　今森光彥（山與溪谷社）
- 《不為人知的色覺異常真相》（知られざる色覚異常の真実）　市川一夫（幻冬舍）
- 「TOYOTA LEXUS」官方網站：https://lexus.jp/

此外，也參考了許多其他網站。

本書為原創作品。
本作品為虛構，與實際存在的個人或團體均毫無關聯。

[專文推薦]

吃掉未羽化的你

作者・演員　鄧九雲

家裡每到初夏,就會有各種蜂來築窩。外表看似最可怕的水蛇腰泥壺蜂總是單獨作業,蓋完育嬰室後放蟲進去,等寶寶成熟後吃飽了自行破土而出。還有另外一種長腳蜂,蜂巢小小的,巢脾外露,沒有外罩,像一顆蓮蓬頭。先是一隻蜂媽媽獨力營建,很快就會有其他羽化的工蜂負責接手,像一家人。某一年,它們築在我床頭邊的玻璃窗上,因此得以非常近距離觀察它們。每天觀察著一隻隻新生的蜂成熟,似乎多少緩減我對蜂類的心理恐懼。沒想到有一天,我親眼看到它們把未孵育完成的幼蟲(但已有羽化雛形)直接拖出來,你一口我一口吃得乾乾淨淨。那消退的恐懼瞬間回潮。

這可說是「殘酷」嗎?大自然的法則本是持續生命,當我們說殘酷時,正踩進

人類的本位主義。畢竟我們不想這麼做——父母親把未成熟的胎兒胎盤作為優質蛋白質吞下肚的概念（但我也相信在地球的某個角落，或許有人在做這種事）。去年的蜂巢，被一隻外來的虎頭蜂攻陷，我用手機拍下虎頭蜂用兩天不到時間，把所有幼蟲一掃而空。其他的長尾蜂只能躲在一旁，等著體型大兩倍的敵人大快朵頤。有一度，一隻疑似勇敢的工蜂從虎頭蜂口中搶回幼蟲。但它不是出於挽救，而是把搶下的破碎幼蟲做成肉球繼續餵養其他幼蟲。昆蟲的生態帶給我最大的啟發，就是殘忍但不見血。無血，血緣便不成立，直系關係遠看也不過就是一條時間軸線。

湊佳苗的《人類標本》也以昆蟲意象切入，用蝴蝶標本作為主視覺，透過兩對父子與母女相互對照，觸碰親緣的邊界。我不想用「毒親」這兩個字，因為重點不是毒性，而是所謂的「親緣」。書中第二部分透過一位社會學者的視角，提出一個難解的道德判斷：A殺害了自己的孩子，B殺害了別人的孩子。其中一人必須判死刑，另一人必須判無期徒刑。你會如何抉擇？這個問題的答案不是重點，重點在於這裡面有一個預設：被殺的孩子是不是自己的是有差別的。也就是說，孩子為父母的所有物，殺死自己的還是別人的會直接影響到罪惡的程度。代表人的所屬權大於殺害行為的本身。延伸來看，親子關係、配偶關係都落入所有與支配，人一旦在關

人類標本

講到這,或許有讀者完全無法理解這種說法,很像那為什麼不能吃狗肉,但可以吃牛豬羊的問題。我認為《人類標本》的核心就是在碰觸這非常棘手的人心矛盾——一個人的判斷與選擇,往往有自我脈絡以及各種前後不一的邏輯。故事中的母女代表,留美與杏奈,是典型附屬關係。杏奈渴望滿足母親的期待,但至始至終無法破繭而出。她的翅膀在與母親單一封閉的成長過程中羽化失敗,要不是留美有病在身,她可能早就執行榊史朗最終的行為,把自己的小孩做成標本。悲慘的是,美麗的杏奈甚至沒有成為標本的資本,充其量只是被當成其他小男生的誘餌(優質蛋白質),以及一個擬態仿冒品。

榊史朗與兒子榊至的關係就沒那麼典型,卻深藏令人心碎的情感脈絡。榊史朗兒時因為父親開啟了做蝴蝶標本的興趣。史朗用蝴蝶的視覺顏色(人類肉眼看不見的紫外光與偏振光)畫了一幅襯托標本的「後山」風景——那是所有人理想的國度,有甜蜜的香氣,繽紛濃烈的蒲公英,所有的感官都只會感到幸福。可惜那終究是標本的世界,蝴蝶被框在方盒裡,翅膀撐開,胴體切除,一種死態之美。史朗的作品

301　　にんげんひょうほん

送給了也還是小孩的留美，意外鼓勵擁有特殊視覺能力的留美成為一名用色大膽的畫家。後來父親意外的離世，中止史朗與父親的故事，不做標本的他成為了研究蝴蝶的學者。後來自己成為了爸爸，在妻子離世後，和至維持著疏離的父子關係。疏離的根本在於不理解彼此，更別說信任了。無法轉圜的悲劇，總是穩穩踩著懷疑與猜測的階梯走向毀滅的終點。史朗殺掉自己兒子的動機看似出於大義滅親，但也不過是本位主義作祟的自以為是。最終極的刑求永遠是人自建的。

《人類標本》利用蝴蝶將六位性格迥異、家庭問題不同的少年「跨物種化」，大量運用顏色堆疊這虛構世界的立體度。榊史朗是這樣說的：「留美的畫讓人瞭解到，色彩是持續變化的生物，物體只是色彩的受體，作品只是擷取了這些色彩的某一天、某個時刻的剎那。」顏色是連續的光譜，大自然中沒有存在絕對的疆界，分類是人為了溝通建構出來的東西。我們永遠無法讓對方看見我們所見，只能誠心接受每個人看出去的世界都長得不一樣。藝術家將自己的天賦透過作品分享給普通人，這幾乎總結了究竟為何創作的大哉問。

湊佳苗透過一貫嫻熟的視角切換與情節翻轉，讓我們理解每個人都該獨立存在，

尤其在親子關係，更不該有主客體之分。後來我才知道，長腳蜂羽化後就變成素食者，吃花蜜、樹汁，還有幼蟲完食後反芻的液體維生——這是不是有點像榊史朗？至於那難解的道德判斷，是湊佳苗留給我們的一道申論題。

國家圖書館出版品預行編目資料

人類標本／湊佳苗 著；王蘊潔 譯.--初版.--臺北市：皇冠. 2025.8 面； 公分. -- (皇冠叢書；第5241種) (大賞；187)
譯自：人間標本

ISBN 978-957-33-4331-8（平裝）

861.57　　　　　　　　114009470

皇冠叢書第5241種
大賞 | 187
人類標本
人間標本

NINGENHYOHON
©Kanae Minato 2023
First published in Japan in 2023 by KADOKAWA CORPORATION, Tokyo.
Complex Chinese translation rights arranged with KADOKAWA CORPORATION, Tokyo through Haii AS International Co., Ltd.
Complex Chinese Characters © 2025 by Crown Publishing Company, Ltd.

作　　者―湊佳苗
譯　　者―王蘊潔
發 行 人―平　雲
出版發行―皇冠文化出版有限公司
　　　　　台北市敦化北路120巷50號
　　　　　電話◎02-27168888
　　　　　郵撥帳號◎15261516號
　　　　　皇冠出版社（香港）有限公司
　　　　　香港銅鑼灣道180號百樂商業中心
　　　　　19字樓1903室
　　　　　電話◎2529-1778　傳真◎2527-0904

總 編 輯―許婷婷
責任編輯―黃雅群
內頁設計―李偉涵
內頁插畫―高松和樹
行銷企劃―薛晴方
著作完成日期―2023年
初版一刷日期―2025年8月
初版二刷日期―2025年9月
法律顧問―王惠光律師
有著作權・翻印必究
如有破損或裝訂錯誤，請寄回本社更換
讀者服務傳真專線◎02-27150507
電腦編號◎506187
ISBN◎978-957-33-4331-8
Printed in Taiwan
本書定價◎新台幣450元/港幣150元

●皇冠讀樂網：www.crown.com.tw
●皇冠Facebook：www.facebook.com/crownbook
●皇冠Instagram：www.instagram.com/crownbook1954
●皇冠蝦皮商城：shopee.tw/crown_tw